徳間文庫

博徒大名伊丹一家㈢

激熱商売

沖田正午

徳間書店

目次

第一章　火事場のくそ力

一

松越《まつこし》藩一万石大名伊丹《いたみ》家下屋敷は、深川小名木川《ふかがわおなぎがわ》沿いにある。

数日前まで、五百坪以上ある本殿を賭博場《とばくじょう》に改造し、大富豪の若旦那たちを相手に博奕《ばくち》を開帳していたが、幕府の手入れがあるとの情報に、賭場《とば》を閉めた。それと、十五万両以上の利益を生んだことで、第一の目的である貧乏藩から脱却できた。撤退するに、丁度良い潮時となったのである。

賭場の遊戯は全て撤去され、改造した大広間だけが残った。その大広間で、夕刻より賑《にぎ》やかな酒宴が繰り広げられていた。

賭場の運営に携わった伊丹家家臣と、博徒《ばくと》猪鹿《いのしか》一家の面々およそ五十名が、武士とやくざの、身分を超越しての、慰労を兼ねた無礼講であった。

酒宴に飽きたか、猪鹿一家の三下たち六人ほどが別間に移り、内会《ないがい》といわれる、仲間内での花札博奕に興じていた。

酒を持ち込み、酔いながらの手慰《てなぐさ》みである。渡世人《とせいにん》たちからは小便《しょんべん》博奕と呼ばれる、小銭を賭けての賭博だが、勝負は真剣である。煙管《キセル》を咥《くわ》え、紫煙を燻《くゆ》らせながら花札の絵札の出柄に、一喜一憂していた。

内会賭博が開帳されているその部屋は、書院として使われる十畳間である。床の間があり、脇には物を収める戸袋が付いている。戸袋の中には手箱が置かれ、手箱の中には、十万両分の為替《かわせ》手形が収められている。明日両替商に持ち込み、小判に換金する手筈《てはず》であった。

夜も更け、町木戸が閉まる、四ツを報せる鐘の音が本所入江町《ほんじょいりえちょう》から聞こえてきた。捨て鐘が三つ早打ちで鳴ったそこに、ガラリと音を立て書院の襖《ふすま》が開いた。

「てめえら、こんなとこで何してやがる。そろそろ宴が跳ねるから、大広間に戻って来い」

兄貴分の文七《ぶんしち》から怒鳴られ、渋々三下たちは重い腰を上げた。

「親分から話があるみてえだ」

「へい」

声を揃えて六人の三下たちが、文七のあとに従う。百目蠟燭《ひゃくめろうそく》の灯《あか》りが消えて、書院には誰もいなくなった。

花札の、盆床《ぼんどこ》として使われていた座布団が燻《くすぶ》り始めたのは、それから間もなくである。

書院と大広間までは、十五間以上離れている。その間に、いくつも部屋が細かく仕切られている。

三下たちが大広間に戻ると、鶴松《つるまつ》の話は終わっていた。既《すで》に全員が立ち上がり、伊丹家江戸家老高川監物《たかがわけんもつ》の音頭で、一本締めの手締めがされているところであった。三下たちは、何食わぬ顔で手締めに加わる。

締めの手拍子が終わると同時に、遠く西の方角から雷鳴が轟《とどろ》いてきた。

祝い膳が片付けられ、大広間は雑魚寝《ざこね》のための夜具が敷かれた。そこは、家臣と子分たち三十人ほどの寝床となった。伊丹家の重鎮や猪鹿一家の幹部たちは、別間で床を取る。酔いも手伝い、全員が寝静まるまで、四半刻《しはんとき》とかからない。その間、書院で何が起きているか気づく者は誰もいない。

雷雲が近づき、雷鳴が大きな高鳴りを響かせている。


書院にある座布団が、燻りから煙となり炎として燃え上がったのは、一本締めから四半刻後である。

酔いが睡眠を早くする。全員が横になって鼾《いびき》を掻《か》きはじめた頃には、書院の炎は勢いを増し、天井まで届くほどとなっていた。

火は、隣室から隣室へと燃え広がる。

「なんだか、熱いな」

家老の高川が、寝苦しさで目を覚ました。目を覚ますと同時に、きな臭さが鼻《び》腔《こう》をくすぐる。障子に目を向けると、その向こうが夕焼けの如《ごと》く真っ赤である。そこで高川は次第《しだい》を知った。

「火事だ！」

叫ぶと同時に立ち上がった。

既に、本殿の半分が燃えている。全員が起き上がり、ありったけの桶を用いて水をかけるが、火の勢いは容赦ない。

炎は、屋根をも吹き抜けて立ち上った。近在の火の見櫓《やぐら》から、火事が近いことを示す擦半《すりばん》が、けたたましく音を立てている。

「このままだと、近在に火が……」

庭に出た家老の高川が、横に立つ一際背の高い男に声をかけた。

「慌てることはねえぜ、ご家老。俺たちゃついてる」

でんと構えて口にするのは、伊丹家の当主で、猪鹿一家三代目貸元《かしもと》の、大名とやくざの、二足の草鞋《わらじ》を履いた鶴松であった。

「火事になったというのに、どこがついてると仰《おっしゃ》るので？」

「火は、すぐに消える。おっ、降ってきやがった」

雷雲の雨粒が一滴、剃《そ》ったばかりの月代に落ちると、たちまち篠突《しのつ》く雨となって降り注いだ。

恵みの雨であった。

豪雨が本殿の火を消し、延焼を食い止めてくれた。そして、雷雲は東の空に去っていき、ほどなくして雨は止《や》んだ。

本殿の、半分ほどが焼け残った。そこに全員が集まり、一夜を過ごす。

「死んだり、怪我《けが》をした者はいねえか？」

立ったまま部屋を見回し、鶴松が問うた。

「全員揃っているようで。怪我をしてる者は、誰もいやせん」

問いに答えたのは、猪鹿一家の代貸《だいがし》である峰吉《みねきち》であった。

「そいつはよかった。ほっとしたぜ」

鶴松が、安堵《あんど》の息を吐いた。

「ですが……」

「ですがって、なんだい？」

「どうも、火種を作ったのは猪鹿《う》一家《ち》の奴らしいんで」

峰吉の声はくぐもり、表情は口がへの字となって強張《こわば》っている。

「なんだと！　いってえ、どういうことだい？」

「それが、へえ……」

峰吉は、答えようにも言葉が詰まる。宴会の席を外して、博奕を打《ぶ》ってたとは言い辛《づら》い。

「はっきりしねえなんて、代貸らしくねえな」

「どうやら、宴会場から離れた場所で、博奕を打ってたらしいんで」

「そりゃ、博奕が三度の飯より好きな連中なんだからしょうがねえだろう」

鶴松は、寛容である。そんなことで、三下を咎《とが》めようとはしない。峰吉の口から、ほっとした息が漏れたのを鶴松の耳がとらえた。そこに、江戸家老の高川が近寄ってきて、鶴松に耳打ちをする。

「書院に置いてありました為替手形は、全て焼失いたしました」

十万両の書面が、一瞬のうちで灰となった。

「えっ？」

鶴松は驚く顔を向けたが、すぐに平穏なものへと戻した。そして、峰吉の次の言葉で、また顔色が変わる。

「どうやら奴らが博奕を打っていたのは、その書院でだそうで……」

「本当か？」

「ええ、文七から聞いた話で」

だったら間違いなかろうと、鶴松は腕を組み思案に耽《ふけ》る顔となった。その背後で、峰吉が高川に向けて頭を下げている。

「ご家老さん、すまねえ。どうやらこの火事は、うちの若い衆《し》たちの粗相《そそう》のようで」

「済んでしまったものは仕方ねえ……って、殿なら言うでしょうな」

鶴松とはそういう男だと、高川は言う。損害を蒙《こうむ》ったのが自分なら、損害をもたらしたのは自分の子分である。

家老の高川からは、それ以上の言葉はなかった。

一夜が明けた。

「益々、面白《おもしれ》えことになったたな」

松越藩伊丹家上屋敷に戻ると、藩主御用部屋で悲痛な面持《おもも》ちの重鎮三人を前にして、一人気を吐き高笑いしているのは、伊丹家第十二代当主『伊丹備後守長宗《びんごのかみながむね》』こと鶴松である。その甲高い笑い声が部屋中に響くたびに、向かい合って座る重鎮たちは、鶴松とは逆に、益々しかめっ面《つら》になっていく。

「殿、笑いごとではありませぬぞ。よくぞそんなに大笑いしておられますな」

鶴松を咎めるのは、江戸家老の高川監物である。その眉間《みけん》には、深く縦皺《たてじわ》が刻《きざ》まれ、深刻の度合いがうかがい知れる。

「……十万両が、燃えてしまったというのに」

苦悶の表情を浮かべ、唇を噛《か》み締め苦渋の呟《つぶや》きを漏らすのは、江戸留守居役を仰せつかる片岡彦兵衛《かたおかひこべえ》。

「ようやく金回りが楽になろうというのに……嗚呼《ああ》……なんでこんなことに」

慢性的な財政難に喘《あえ》ぐ伊丹家に、ようやく明るい兆しが現れてきたのだが、またまた貧乏藩に逆戻りだと嘆くのは、番頭《ばんがしら》で勘定奉行の役につく山田増二郎《やまだますじろう》である。禄高一万石の弱小大名では人材が足りず、武官が文官を兼ねる。いつも、逼迫《ひっぱく》した算盤《そろばん》勘定に明け暮れる山田としては、嘆きも人一倍であるのは無理からぬことだ。

真夜中に起きた火災により、伊丹家下屋敷の本殿が半焼した。しかし、建て直すとなると、全部を解体せねばならない。

実質の損害は、建坪五百坪の本殿と、翌日には両替する手筈《てはず》となっていた、十万両の為替手形の焼失である。

二

嘆きが止まらぬ重鎮三人を、眉根を寄せて鶴松が見やる。

「何をつまらねえことで嘆いてやがる」

呆《あき》れ返った口調で、鶴松は重鎮たちを詰《なじ》った。みな、鶴松よりも一回り以上の年輩である。

「……つまらぬことって」

ふと、山田が口にした呟きが鶴松の耳に届く。十五の時から三年の間、寺の縁の下生活が鶴松の五感を鋭敏にさせていた。聴覚も研ぎ澄まされ、僅《わず》かな音や声も拾うことができる。

「つまらねえだろうよ。十万両の紙が燃えたところで、どうってことはねえ。それよりも、誰も死なず、怪我一つ負わなかったことを喜ぶべきだろうが。それと、何よりも火の粉が飛ばず、大火に至らなかった。雷様《らいさま》のお陰で近在の延焼を食い止められたんだ、これほどの幸運は滅多にお目にかかれねえぜ」

不幸すら、良いほうに取る鶴松である。

「それもそうですが、しかし、みすみす十万両が……」

山田の声音に、苦悶がこもる。

「十万両十万両って、お奉行さんは何とかの一つ覚えのように言うがな、今も言ったように、燃えたのはただの紙切れだぜ。そんな物は、いくらだって書き直すことができる。大旦那たちにお願いして、また書いて貰《もら》えばいいことだ」

「書いていただけますかな？」

為替の再発行が叶《かな》うかと、高川が問うた。

大富豪の若旦那が博奕で作った借金を、その親から取り立てた物である。商いでの正規の取引でない為替手形を、易々と再度振り出して貰えるかというのが、高川たちが抱く憂《うれ》いであった。

「そんなのはどうってこともねえさ。俺に考えがある。うまくすれば、倍になって戻ってくるぜ。たとえ駄目でも、元々は博奕で稼いだ泡銭《あぶくぜに》だ。失ったところで、惜しくもなんともねえよ」

いつでも前向き思考の鶴松の豪語には慣れているか、重鎮たちの中で『甘い考えだ』と、口にする者はいない。とくに山田の顔は、暗雲が取り払われた面持ちとなっている。だが、家老の高川の顔には一抹の不安が残っていそうで、すっきりと晴れた表情ではない。

「どうしたい、ご家老？　浮かねえ顔だな」

家老高川に、鶴松は細くさせた目を向けた。

「公儀拝領の下屋敷を燃やしてしまったのですぞ。その再建の手は、当方に委《ゆだ》ねられまする。元通りに建て直しませんと……」

「またまた金がかかりまするな」

高川の言葉に、再び顔を歪ませ勘定奉行の山田が乗せた。

「再建なんかしねえよ」

間髪いれずに鶴松が応えると、三人の怪訝《けげん》そうな顔が向いた。

「殿は、建て直さないと仰せなので？」

「ああ」

高川の問いに、鶴松はそっけない。

「ならば、いかがなされますと？」

更に高川が問う。

「いかがするか、まだ決めちゃいねえ。ただ、元の通りに建て直すなんて、そんな無駄なことはしたくねえのは確かだ」

およそ千二百坪ある敷地を、有効活用したいというのが鶴松の肚《はら》である。だが、今の時点では何をするかまでは思案が及んでいない。

「何かいい案はねえかな？」

逆に、三人の重鎮に問う。

「いや、某《それがし》たちには……」

三人が、揃って首を振る。商いの道に疎《うと》いのが武士である。金儲《もう》けには縁が無く、むしろ貧乏藩の運営に身を削られてきた思いの重鎮たちに、起死回生の策など浮かぶはずがない。

「まあ、とにかくしばらくの間は更地にしておく。その内に、いい考えが浮かぶだろうよ」

十万両の損失にも動じず、「――むしろそういった不運が、次の繁栄をもたらす原動力になるのだ」と説く鶴松に、重鎮たちの脳裏から失望感は消え去っていく。

「さすが殿。言われることが誠に奥深い」

おべっかすら、片岡の口から漏れて出る。

「いや、これが火事場のくそ力ってやつだ。俺だけじゃねえ、家臣全員が揃ってそいつを発揮してくれたら、こんな難局は容易に乗り切れる。もっとも、こんなのは難局でもなんでもねえ。世の中には、これ以上に辛《つれ》え事がいくらだってある」

二十五歳の若者とは思えぬ、どんと構えた落ち着き振りである。

ここで鶴松は一服つけようと、長火鉢の引き出しから煙草《たばこ》を取り出し、煙管の雁首《がんくび》に枯れ草を詰めた。火鉢の火種で火をつけようと、煙管を差し出したところで鶴松の手が止まった。

「おっと、上屋敷まで燃やしちゃ洒落《しゃれ》にならねえ」

これを機に、煙草は止めようと鶴松は本気で思っている。

その日の夕、鶴松はやくざの貸元に戻ると、一人で猪鹿一家に足を向けた。半月ぶりの帰館である。

「ここに来ると、故郷に戻った感じがするな」

黒塗り壁の、総二階建ての建屋を眺めながら鶴松が独りごちた。足を踏み出し、丸に鹿の代紋《だいもん》が書かれた油障子の遣戸《やりど》を開けた。と同時に、中から怒声が聞こえてきた。

「てめーえらが不始末をしでかしたんだってな！」

通り三町に届くような怒鳴り声に、鶴松の足は敷居を跨《また》ぐ前に止まった。

怒りの主は代貸の峰吉で、怒声を浴びているのは音吉《おときち》という、一年ほど前に先代の、二代目貸元政吉《まさきち》から盃《さかずき》を貰った三下である。

峰吉の怒声は、建屋の奥から聞こえてきた。鶴松は三和土《たたき》に雪駄《せった》を脱ぎ捨てると、狭い廊下を伝って代貸の部屋へと向かった。

「ずいぶんとでけえ声だな、代貸」

腰高障子を開けたと同時に、鶴松は峰吉に向けて声をかけた。

「あっ、親分」

峰吉の顔が鶴松に向いた。峰吉と向かい合って、博奕を打ってた六人の子分衆が、首をうな垂れて座っている。

「すいやせん、出迎えもせず」

鶴松よりも、十歳年上の峰吉が頭を下げた。それに合わせて、額《ひたい》が畳《たたみ》につくほど六人の頭が下がった。

「こいつらが宴会を抜け出し、内会をやっていたのを叱ってたんでさあ」

「もう、済んじまったことだ」

鶴松が、穏やかな口調で言う。家老の高川が、同じことを言っていたのを峰吉は思い出した。だが、代貸の立場としては、強く戒め粗相を咎めなくてはならない。無頼を相手にするには、頭からどやすことも必要なのだ。

「親分、こいつらにそんな甘えことは言っちゃいられねえですぜ」

峰吉は、あえて鶴松に諫言《かんげん》を呈した。

言葉はぞんざいでも、心の内では鶴松を敬《うやま》っている。猪鹿一家には二百人の子分衆がいるが、自分はそれだけの人数を率いる器にあらずと、峰吉は自ら身を引き、先代の跡目を鶴松に譲った経緯《いきさつ》がある。

「どうやら、煙草を吸ってたのは音吉だけらしいんで」

　六人の内で、一人だけ頭が下がった。群青色の太い格子模様の小袖を着流した若者が殊勝になっている。それが、音吉という名の三下であった。

「こいつの煙草の不始末から……」

「そうだったかい」

　峰吉の話を途中で遮り、鶴松の顔が音吉に向いた。

「そんなに卑屈になることはねえやな。頭を上げたらどうだい」

　穏やかな口調で、鶴松が言葉をかけた。むしろそれに怖《お》じけたか、音吉の頭は更に下がった。

「俺は怒っちゃいねえから、頭を上げない」

　峰吉の隣に座り再度声をかけると、ようやく音吉の顔が鶴松に向いた。

「いい面構えをしてるじゃねえか。おめえも餓鬼《がき》の時に、えれえ苦労を味わったって感じ取れるぜ」

　目尻が吊り上がる音吉の面相に、鶴松は内なる強さを感じていた。

「へえ。死ぬような思いを、いく度したか分かりやせん」

呟くような口調で、音吉は返す。

「死なねえで生き延びたってことは、おめえ……いや音吉はそれだけの強運を背負《しょ》ってるってことだ」

何を語るのかと、峰吉を含め七人の顔が鶴松に向いている。

「この度の火事はなあ、この先どれほどの財をもたらすか分からねえくれえの出来事だ」

「なんですって！」

峰吉の、驚く声が返った。十万両の損失と、屋敷を燃やした叱責があるものとばかり峰吉たちは思っていたからだ。だが、鶴松の話はそうではなかった。

「だってそうじゃねえか。これほど、運に恵まれた火事はねえぞ。五百坪の建屋が燃えたってのに、近在には一切迷惑がかかっちゃいねえ。それと、怪我人が一人もいねえしな。都合のいいことに、雷様が火を消してくれたんだぜ。これが幸運でなくて、何があるってんで」

何事も、良い方に取っていく。伊丹家の重鎮たちに説いた口調で、鶴松はさらに語る。

「こういった出来事を幸運と喜ぶか、不幸と思い込むかは、あとの俺たちの心がけ次第だ。少なくとも俺は、更なる運が向いてきたと取ってるぜ」

火事があってから、まだ一日と経《た》っていない。本来ならば、悲痛に打ちひしがれるところだろうが、鶴松だけは違っていた。

「むしろ俺は、音吉を褒《ほ》めてやりてえぐれえだ」

「えっ？」

思いもよらなかったか、更に音吉の目が吊り上がる、音吉の訝《いぶか》しがる表情が鶴松に向いた。

「褒めるとまでは、言い過ぎだったな。だが、やっちまったことを、いつまでも引きずっているんじゃねえ。もっと堂々としてな。音吉だけじゃねえ、おめえらみんなもだ。起きちまったことに、くよくよしても始まらねえ。みんなして、前を向くんだ」

峰吉も合わせ、場にいる七人に向けて鶴松は威勢を放った。誰が火元かなど、瞬時に忘れさせ、家臣や子分たちの頭の中を切り替える。鶴松は、これが自分の仕事なのだと口には出さず、肚の底でそう思った。

三

殿様から貸元に戻った鶴松は、翌朝代貸の峰吉と共に、火事現場である伊丹家下屋敷に向かった。

敷地千二百坪を囲む築地塀に、外観は何の変わりはない。

「塀が焼けねえで良かった。こいつは都合がいいぜ」

峰吉に話しかけながら、鶴松は正門の脇にある潜《くぐ》り戸を開けた。中に入ると、きな臭さが漂ってくる。建屋の半分ほどが、焼けずに残っている。全焼ではなかったが、屋敷としては使い物にならない。

広く取られた庭は、手入れもされていないか雑草が生い茂っている。昔は侘《わ》び寂《さ》びを利かした、風情《ふぜい》のある庭に整えられていた跡が見受けられるが、今はその面影は薄れ、庭は荒れ放題であった。ここにも、貧乏藩の片鱗《へんりん》を窺《うかが》うことができる。

代貸の峰吉を連れてきたのには訳があった。

「この敷地をまっさらな更地にしてな、何か始めようかと思ってるんだ。塀だけはそのまま残してな」

「また、何を始めるってので？」

「まだ、決めちゃいねえ。ただ、元通りの屋敷を建てることだけは、しねえのは確かだ」

猪鹿一家は博徒であるが、博奕以外に正業を併せ持つ。その得意となす稼業は『鳶《とび》』である。やくざといえど、喧嘩《けんか》と博奕だけでは二百人いる子分を養えない。一家を支えるには、それなりに真っ当な仕事も必要となる。鳶職は、荒くれ者たちの腕を活かすのには、格好な生業《なりわい》である。

「ここを片付ける仕事を、猪鹿一家が請け負うぜ」

鶴松は、自分が発注元となり、請負元となった。

「何をおっぱじめるか分かりやせんが、解体工事はあっしらに任せておくんなせえ」

「手間賃は弾むぜ」

自分が金を出すのだから、その辺はいくらでも融通が利く。だが、峰吉の首が傾《かし》ぐ。

「十万両は燃えちまったのでしょう。資金はあるので？」

「金を作るのは、俺の仕事だ。だが、もしも払えなかったら、自分の手で自分の首を絞めればいいことだ」

「そりゃそうだ」

鶴松と峰吉が向き合い、大きな声を立てて笑った。


猪鹿一家に戻ると、お亮《りょう》が遊びに来ていて三下たちと賽子《さいころ》を転がし遊んでいる。

お亮は、猪鹿一家の隣で店を出す八百屋の、二十一になる娘である。しょっちゅう一家に遊びに来ては鶴松の脇に座り、姐御《あねご》気分を味わっている。本人はほの字のようだが、鶴松としては妹くらいにしか思っていない。一昨日《おととい》も祝宴に顔を出しては、腰元《こしもと》たちに交じって、子分や家臣たちに酌の相手をしていた。

「お亮、また来てたのか？」

賽子を転がすお亮に、鶴松が声をかけると、鼻筋が通った端整な顔が向いた。

「またってことはないでしょう。ずいぶんと、ご挨拶《あいさつ》ね」

相手が大親分だろうが、大名だろうがお亮は遠慮なくものを言う。今の鶴松に、ため口を利けるのはお亮だけである。そんなお亮を咎める口を、鶴松は持ち合わせてはいない。むしろ、穏やかな表情をお亮に向ける。それを、脇に立つ峰吉は見逃さない。

「親分がそんな優しい顔をするのは、お亮に向けてだけですな」

顔に笑いを含ませ、峰吉が言った。

「何を言ってやがる」

からかいとも取れる峰吉の言葉を、鶴松は真面目な顔で返した。

「……おや？　まんざらじゃねえみてえだな」

峰吉が、ほとんど声にならないくらいに呟く。鶴松に、声は届いていない。

誰にも物怖《ものお》じしないお亮は、子分衆たちからも好かれている。このまま行けば、すんなりと三代目猪鹿一家の姐御に納まるのだろうが、そう簡単に行かないのが世の常である。

「代貸さんと、火事場に行ってきたの？」

お亮が立ち上がって訊《き》いた。六尺近くある背丈の、鶴松の肩くらいがお亮の背の高さである。天井を見上げるように、顔が向いている。

「ああ。今行って、見てきた」

「でも、良かった」

「えっ？」

お亮のひと言に、鶴松の驚く目が向く。

「なんでお亮は良かったと思うんだ？」

「だってそうでしょ。燃えたのはしょうがないけど、誰も怪我をしなかったし、近所にも燃え広がらなかった。大火事にならなくて、済んだじゃない。雷様のおかげね」

鶴松が、これまで言ってきたのと同じことを言う。峰吉も、端《はた》で二人のやり取りを聞いていて、驚く顔をしている。

「まったくそのとおりだ。お亮も、いいことを言うぜ。そうだお亮、俺の部屋で饅頭《まんじゅう》でも食うか。俺もたまにしか一家に帰れねえし、まじまじとお亮の顔を拝みてえからな。代貸も付き合ってはくれねえか？」

三人で、茶でも飲もうと峰吉を誘う。

「いや、あっしはこれから出かけるところがあるんで。饅頭なら、お二人でどうぞ」

「そうかい、そいつは残念だったな。なら戻ったら、下屋敷の後処理の打ち合わせをしようぜ」

峰吉の、気の利かし方を鶴松は気付いてはいない。

「ええ、そうしましょうかい。一刻《いっとき》ほどで戻りますんで……」

峰吉は含む笑いを浮かべ一礼をすると、その場から離れていった。

鶴松とお亮の耳に届かないほど離れた所で、峰吉は子分たちに命じる。

「おめえら、親分の部屋に近づくんじゃねえぞ」

「へい、分かっておりやすって」

「野暮《やぼ》なことは、言わねえでおくんなせえ」

子分衆も、うすうす感じているようだ。

その日の夕刻、下屋敷の解体と整地を猪鹿一家に任せ、峰吉たちとその手筈の打ち合わせをしてから鶴松は、伊丹家の上屋敷へと戻っていった。

上屋敷は、築地《つきじ》の一角にある。深川から永代橋《えいたいばし》で大川《おおかわ》を渡り、霊巌島《れいがんじま》をつっきり、猪鹿一家からは半里ほどのところにある。歩いても、四半刻もあれば行き着く。

今の鶴松の姿は、殿様でも博徒の貸元でもなく、どこから見ても商人の風情《ふぜい》である。それも、若くして財を成した富豪の風格を醸《かも》し出している。七、八年前までは宿無しで、とても寺の縁の下を住処《すみか》にしていたようには見えない。どん底の、底の底を歩き渡っていたのである。

鶴松に、処世訓がある。

――どん底から抜け出すには、たった一つしか方法はねえ。絶対に這《は》い上がってやるという、強い信念を持つことだ。それを一日千遍、毎日毎日唱えていれば必ず意識の中に擦《す》り込まれ、浮かぶ力が湧いてくるものだ。

そんなことを思っているうちに、上屋敷の門前まで来ていた。脇門を潜り、屋敷の中へと入る。

敷石伝いに表玄関に向けて歩いていると、家臣が二人駆け寄ってきた。鶴松の帰館を待っていたという、そんな気配であった。

「何があったたい、横内《よこうち》？」

その内の一人を、名指しで呼んだ。横内というのは、番頭である山田配下の徒《かち》組《ぐみ》の頭《かしら》である。意外と気が利く男だと、鶴松は何かと指名する。

「はっ。ご家老様の書付けを持って、これから猪鹿一家に向かうところでありました」

玄関を出たところで鶴松を見かけ、駆け寄ったと言う。

「だったら、丁度いいところに帰ったな。中で、書付けを読むとするかい。俺の部屋に、ご家老に来るよう言ってくれ」

横内から書付けを受け取ると、鶴松は速足で本殿の奥へと入っていった。御座の間と呼ばれる十畳ほどの部屋の真ん中あたりで鶴松は胡坐《あぐら》を組むと、高川から出された書付けの封を解いた。

蛇腹《じゃばら》に折られた書付けを読み始めようとしたところに、襖越しに声がかかった。

「殿、お帰りになられましたか」

声の主は、家老の高川であった。

「いいから入んなよ」

鶴松の声と同時に、襖が開いた。失礼しますと、高川が鶴松の対面に座った。

「これから、書付けを読むところだった。いったい何が書かれてるんで？」

書付けを読むより聞いた方が早いと、鶴松の顔は書付けから高川に向いた。

「その書状は、身共《みども》が書いたものではありませんで、国元の城代家老……」

永瀬《ながせ》勘太夫《かんだゆう》からのものであった。宛名には『上』と書かれ、封の裏には永瀬勘太夫とだけ記されてある。

「封は勝手に開けられないものですから。もしや急ぎの報せかと思い、横内たちに持たせた次第でありまする」

「そうだったかい。だったら、ご家老が読んでくれねえか」

仮名は読めるが、難しい字は苦手である。鶴松は十五から十八までの、ものを学ぶ大事な時期を、縁の下の暗がりで暮らしていた。

そのまま高川に書状を手渡し、鶴松は耳を傾けた。

「それでは、僭越《せんえつ》ながら身共が読ませていただきまする」

「断りはいいから、早く読みない」

　コホンと一つ咳払《せきばら》いをして、高川が声を出して読み始める。

「ご無沙汰《ぶさた》いたして候《そうろう》　殿にはお変わりなくご活躍と聞き及び候　恐悦至極に存じ上げ候……」

「前置きが、長えな」

「これから本題に入りますようで。さて……」

　高川が、続きを読み始める。序文はたいしたことは書かれていないと、鶴松は欠伸《あくび》を堪《こら》えて聞いていた。だが、書状も半分が過ぎたところからだんだんと鶴松の体は、前側に傾いていく。鶴松は、興味が湧くと、上半身が前に傾く癖がある。

「……あと一月《ひとつき》ほどで参勤が交代となり　国元へのご帰還となられます　それまで御身大切にお過ごしなされますよう　家臣一同切にお祈り申し上げ候　国元家老　永瀬勘太夫」

と、最後まで読んで高川は書状を折り畳んだ。そして、顔が鶴松に向いた。

「良かったです。ご朗報で安心しました」

　城代家老の永瀬からの便りに、これまで朗報といえるものはほとんど無かった。大体が、金の無心か領民窮乏などの困り事である。

「酒米の収穫高が、例年の三倍になりそうとはおそれいりまするな」

高川の、安堵がこもる口調であった。


出羽《でわ》の北方に位置する松越藩は、四月ほど前に季節外れの豪雨に見舞われ、領地が水没するという大災害に見舞われた。その時、藩主になったばかりの鶴松が直接現地を訪れ、復興の采配《さいはい》を振るった経緯《いきさつ》があった。

鶴松の叱咤激励《しったげきれい》は家臣、老若男女から子供まで領民全員の奮起を促《うなが》し、見事に立ち直りを見せた。僅かに開けた水田に酒米を育て、それが藩の財政をかろうじて支えてきた。領民たちの、粉骨砕身の努力の甲斐《かい》があって、新たに新田を開拓し、今年の秋には米の収穫が三倍に増えそうだとの報せがもたらされた。豊作を通り越し、穫れ過ぎた米の処分に頭を悩ませるという、嬉《うれ》しい悲鳴であった。

「やれば、できるじゃねえか」

鶴松も、ことのほか喜びが湧いたようだ。目を細め、張子の虎のようにいく度も頷きを見せている。

だが、思い返して読むと相談事も書かれている。

「収穫が三倍になるのはよろしいが、それを売り捌《さば》く宛どころが見つからないと書かれてありますな」

永瀬からの書状の意図は、そこに集約されている。

「やはり、相談事でありましたな」

喜ぶ鶴松に向けて、高川が気持ちを抑えて言った。

「酒米ってのは、普通に炊《た》いて食えねえのか？」

「同じうるち米ですから、食べられます。ですが、ただ普通に食すだけではもったいない。酒用に育てられた、上等の米ですから、卸《おろし》の価格が大分違いまする。引き取ってくれる、新たな酒蔵があればよろしいのですが」

今の伊丹家の販路では、これから新規の酒蔵を開拓するのは難しいと高川は言う。

「それじゃ、せっかく作ったのが無駄になるってことか？」

「まったく無駄ってことはありませぬ。藩の、備蓄米にはなるでしょうから」

「せっかく苦労して作った物が、儲けを産まねえのじゃしょうがねえな」

鶴松が腕を組み、考えに耽《ふけ》る。そして、口にする。

「余った米が全部捌けると、いくらぐれえになるもんかな？」

「さあ、どのくらいになるか……そうだ、そのあたりは山田が詳《くわ》しいものと。呼んでまいりましょう」

高川は言って立ち上がると、勘定奉行である山田を呼びに向かった。そして、ほどなくして山田を連れて戻ってきた。

鶴松の前で、高川があらましを説く。全てを聞いて、山田が小さく頷《うなず》いた。そして、おもむろに語り始める。

「左様ですな、通常の穫《と》れ高でしたら卸値で二万両ってところです。それが、三倍となりますと、全部はけて六万両くらいになりますか」

「となると、四万両増えるだけか。たいした額にはならねえもんだな」

四万両がたいした額でないと言い切る鶴松に、重鎮二人の首が竦《すく》んだ。十万両が燃えたって動じない鶴松である。そこに思いが至ったか、竦んだ二人の首が元に戻った。

「殿、如何《いかが》なものでしょうかな？」

天井長押《なげし》辺りを見つめ、思案に耽る鶴松に向けて、高川が顔をのぞくように訊いた。

　すると、

「いいことを思いついたぜ」

　上に向いた顔を戻し、爛々《らんらん》と光を帯びた目が高川と山田をとらえた。

四

　何を始めるのかと、高川と山田が固唾《かたず》を呑んで鶴松を見やっている。

「下屋敷の使い道が決まった」

　酒米の話が、焼けた下屋敷に向いた。

「下屋敷は、元の通りに建て直しませんと。そのうち、幕府からそんな沙汰が言い渡されるものと……」

　高川が、鶴松を諫《いさ》める口調で言った。

「ご家老さんは、俺の言ったことを聞いてなかったかい？　同じようには建て直さないと言ったのは、つい昨日《きのう》か一昨日《おととい》のことだぜ。忘れちまったか？」

「いや、覚えておりますが……それで、下屋敷をどうお使いになろうと仰いますので？」

奇想天外の案を持ち出すのではないかと、高川が恐る恐るの表情で訊いた。すると、鶴松がブツブツと呟いている。

「……酒米で酒を造ると、どれくらい儲かるもんだ？」

酒の原価など、鶴松が分かろうはずがない。そして、顔が山田に向く。

「勘定奉行さんよ、四万両分の米で酒を造るとどれくらいになる？」

「左様ですな、四斗樽《よんとだる》にして……」

「いや、量を訊いているんじゃねえ。どのくれえの額になるかだ」

鶴松の問いに、少し考えてから山田の答が返る。

「そうですなあ、上等の酒ですと十倍。水を増やして薄めた粗悪品ですと、十五倍にして売れると聞き及んでおります」

「……十から、十五倍か。ずいぶんと、儲かるもんだな」

鶴松が、皮算用を頭の中で弾《はじ》く。

「食米として売っちゃ、勿体《もったい》ねえってことか」

「ですが、それは全部儲けての話でして……」

鶴松の呟きが聞こえ、山田が遠慮がちに言った。

「そりゃ、もちろんだ。それは俺たちだけの儲けじゃねえのは、分かってら。造る場所が無くてはならねえし、造る道具も必要だ。人も沢山いるだろう。材料に資金が掛かれば、運ぶのにだって金がいる。よしんば、四万両が四十万両になれば それだけ世の中に金が回るってことだ。その分、世間の人が潤《うるお》うことになる。儲けの四十万両を全部そこに叩《はた》けば、どれだけ多くの人たちが美味《うま》いめしを食えるようになる？　俺たちは、そこを目指さなくてはならねえんだ」

鶴松の、長い語りを高川と山田が黙って聞いている。更に、鶴松の話が続く。

「これからは、侍《さむらい》だからといってふんぞり返っていては、世の中の波に押し流されてしまうだけだ。俺が思うに、あと数十年もしたら武士の世なんて無くなるかもしれねえ。たった二、三人が住むのに、五百坪もある塒《ねぐら》を建てるなんて無駄なことをしてりゃ、先の暗さは推して知るべしだろうよ」

鶴松の言うことは、幕府批判にも取れる。

「殿、あまりそれを吹聴なされますと……」

幕府の政策に背いて、潰された大名家は数多《あまた》ある。そこを憂いて、高川が鶴松を諫めた。

「心配するない。俺はそんな馬鹿じゃねえよ。ただ、無策で無能な幕閣たちには消えてもらう。俺は、そのために働くんだ。それを肝に銘じておいてくれ」

二人の重鎮を諭《さと》すように語ると、鶴松は言葉を置いた。

そして、鶴松が決意を口にする。

「というわけで、下屋敷を酒蔵にして酒造りを始めることにする。もちろん、国元の米を使えば、一石二鳥の有効利用ってことになるぜ」

奇想天外な鶴松の案に二人の重鎮が、天地が逆さまになるほどの驚きを見せた。

「お戯《たわむ》れを！」

顔を真っ赤にして、高川が真っ向から異を唱えた。高川が、鶴松に向けて初めて発した抵抗であった。

「幕府批判どころではございませんぞ！」

山田も、高川に追従する。二人の体に震えが帯びている。

「博奕場でも震撼《しんかん》としましたのに、酒造所となれば震撼どころではすまないはず

幕府拝領の下屋敷を、勝手に改築して使うことは許されない。

「……」

「そんなに悪いことか？」

高川の話を遮り、鶴松が訊いた。

「良い悪いではなく、伊丹の大名家の立場として如何なものかと」

「高川さんらしくねえ言い方だな。もっと、張り合いのある男だと思ってたぜ」

ここで鶴松は、思いつくことがあった。自分への訓示として、いつも脳裏に抱いていることだ。

――説得するより、一言で納得させる。

鶴松は、その一言を探した。

そして、口にする。

「幕府が容易に潰せねえほどの、俺たちはでけえ力をつけるんだ」

力とは、財力と人である。

「世の中のためになる、活きた力をな」

「分かりもうした」

その一言で得心したか、二人の重鎮が大きく頷く。駄目押しまでは必要なかったと、鶴松は目を細めてそんな表情を作った。

下屋敷の、用途は決まった。

「俺が、この事業の最高責任者だ」

鶴松が宣言し、これからは三足の草鞋を履くことになる。博徒の貸元、伊丹家の当主、そして商店の主人としてである。大商人としての、道を歩き始める。

「だんだんと、百足《むかで》みてえになってきたな」

進む方向が決まると、軽口も自然とこぼれる。

これから、酒造事業に向けての段取りが組まれる。

「ところで殿、酒というのはどのように造るかご存じなので？」

山田が、肝心なことを問うた。

「いや、知るわけねえ。これまで、徳利《とっくり》の中にある酒《もの》しか見たことねえんでな」

「それを知らずに、酒造りを始めるので？」

「そんなこたあ、どうでもいい。むしろ、知らねえ方がやり易いこともある。なまじ知ってると、余計な口を出してしまうからな」

「酒造りは難しいものと、思われますが……」

山田の口から、弱気が発せられる。

「何をしたって難儀《なんぎ》は付いて回る。それを嫌がっていたら、何も出来ねえし始まらねえ。事を成すには、弱気は禁物だ。絶対に成せると、思い込むことが肝心だぜ」

鶴松は、柔和な口調で精神論を説いた。

「分かりもうした。もう、弱気は口にしません。それで、何から手をつけましょう？」

山田も得心したか、言葉が前向きとなった。

「まずは、金と人だな」

酒造りを一から始めるためには、資金集めと人材確保をせねばならない。

「こうなると、世間に詳しい片岡の力も必要だ」

鶴松の言葉に山田が立ち上がると、片岡を呼びに向かった。

江戸留守居役の片岡を加え、四人の合議制となり情報は共有される。

片岡が入ると、四人は車座となって座った。片岡には、高川が経緯を説く。力説する口調は、鶴松の意図を、しっかりと身につけているようにも感じ取れた。

「……左様な次第でな、国元の酒米を使って酒造りを始めることにする」

一通りの説明を受け、片岡の顔が硬直している。

「それにしても、大胆なことを考えますなあ」

「感心している場合じゃねえぜ。これからも、片岡さんの力を存分に発揮してもらわなくちゃならねえ」

「拙者《せっしゃ》は殿について行くだけです。何なりとご用命くだされ」

片岡が畳に手をつき、深く頭を下げた。

「よし。だったら、まずは金集めからだ」

燃えてしまった為替手形の、再発行を求めて回る。それは鶴松と山田の役回りとなる。

「片岡は、早速にも国元に向かってくれねえか。家老の永瀬さんと会って……」

「畏《かしこ》まりました。明後日に出立《しゅったつ》いたします」

国元に行って何をするかは、片岡は心得ている。間髪いれずの返事であった。

「早く行ってもらいてえんで、早駕籠《はやかご》を使ってくれ。路銀はたんまりと用意する」

こういうところに金切れの良くない男は、大富豪になることなど端から見込めない。鶴松は、人を動かす『壺《つぼ》』というのを心得ている。

「任務を、全《まっと》うしてまいります」

気持ちを高揚させた片岡の言葉に、鶴松は自分自身の意志を更に強く固めた。

「身共は、何をしましょうかな？」

高川が、身を乗り出して役目を問う。みな、藩政の職責を忘れ対等の立場となって動く。

「ご家老さんは、ここででんと構えていてくれ。幕府からなんだかんだ言って来るだろうから、上手く相対してもらいてえ。その時俺がいなくちゃならねえようだったら、三太郎《さんたろう》に成り代わらせばいい」

三太郎というのは猪鹿一家の三下で、鶴松とは同じ齢で、背丈も同じで顔形もそっくりな男である。その三太郎が、鶴松の影武者として都合のよい存在であった。

「よし。そんなんで、明日からは忙しくなるぜ。今夜は景気づけの前祝だ」

鶴松は、御座の間に酒膳の用意をさせた。

五

翌日の朝から、鶴松と山田は金集めに奔走する。

まずは、焼失した十万両の為替手形を再発行してもらうために動く。一額面五千両だから、二十軒ほどの商家を訪ね歩くことになる。いずれも江戸での有数の富豪が当主の大商人である。鶴松は、それに五日ほどの時をかけることにした。一日に、四軒回る勘定となる。

そして五日が経ち、全てを回った。だが、鶴松の手元には一枚も為替手形は無い。つまり、再発行はことごとく断られたのだ。

大富豪からみな異口同音、一句違《たが》わぬ拒絶の言葉が返ってきた。

「――一度振り出した手形は、燃えようが水に流れようが、当方に関わりがない。故《ゆえ》に、再発行はお断りする。五千両といえば、世の中の、ほとんどの人が見たことも無い大金。その、保管すら満足に出来ないお方に、二度も手形に印鑑は捺《お》したくございませんな。それと、受取り証文はこのようにいただいておりますし、こちらも支払う責務は無きものと存じております」

最初に訪れた商家の大旦那から、このように言われた。その時、鶴松の脳裏にガツンと、鉄槌《てっつい》で打たれたような衝撃があった。

二の句が継げぬどころか、「――申し訳ない」と、渾身《こんしん》から詫びを言って引き下がったのを覚えている。他の大旦那が、どのような返事をするか。鶴松は、分かっていながらも全ての店《たな》を訪れることにした。

案の定、どこも同じ応対であった。鶴松はこの時ほど、自分の甘さを痛烈に感じたことは無い。

「一軒くらい、再発行をしてくれるところがあってもよろしいのに……」

山田が、不満げに口にした。

「いや、俺も同じ立場だったら断っているだろう。それを前もって感じ取れず、調子に乗っていた俺が馬鹿だった。これで俺の信用は失墜したばかりでなく、無能も晒《さら》しちまった。こうなった以上、また最初からやり直しだ。失敗したって、やり直しはいくらでも利く」

反省はするが、鶴松に失意はない。意気込みこそ失ったら、それこそ奈落の底にまっしぐらを、十五歳のときに身をもって体感していると、自らを鼓舞する。

酒蔵を造るにあたり、まずは金の工面《くめん》が絶たれた。

「それで、殿はこれから如何《いかが》なされますので？」

「如何《どう》するかは、今考えているところだ」

山田に問われ、そうは返すが鶴松の頭の中はまったく白紙の状態である。暗中模索ですらないが、山田に向けてまだそれを口にすることはない。

これまでが上手く行きすぎていた。十八の時に、宿無しの悲惨な生活から抜け出してからの、初めての挫折《ざせつ》といえる。

――あん時と比べたら、百万倍もましだぜ。

その時体験したどん底生活が、挫《くじ》けそうになる気持ちを支えてくれる。

「……ありがたいこった」

呟きが、笑いとともに漏れた。

「何か、楽しいことでもありますので？」

鶴松が浮かべた笑いを、山田が首を傾げながら問うた。笑っている場合ではないだろうとの仕草《しぐさ》に取れる。

「世の中、面白えことばかりだと思ってな、いろいろな経験をさせてくれる」

強がりではない。鶴松は、本心からそれを口にすることによって、自分を奮い立たせるものだと心得ている。


だが、今の鶴松の頭の中は意気込みだけで、何も案が浮かんではいない。ことごとく、為替手形の再発行が断られたとあっては別の手立てを考えなくてはならない。その術《すべ》が、鶴松には思いつかずにいた。

「そうだ、やっておかなくちゃならねえことがあった」

鶴松は、失念していた。

峰吉に、下屋敷の解体を発注していたことを。いくら掛かるか分からない解体費用は、為替手形の回収から賄《まかな》おうと思っていた。それが叶わなくなった今、解体工事を中止させなくてはならない。今の伊丹家に、それを支払える資金が無いと見ている。

鶴松は、すぐに猪鹿一家へと向かった。

あれから五日は経っている。

「親分、下屋敷の解体を済ませておきやしたぜ」

峰吉が、上機嫌な顔をして、鶴松の顔を見るなり言った。遅かったかと思うも、鶴松は顔には出さない。

「ご苦労だったな」

と、労《ねぎら》いを言った。

「それで、手間賃はいくらになる？」

「廃材の処理を含めましても、三十両ってところですかい」

「えっ、いくらだって？」

鶴松の思い抱いていた額は、五百両ほどである。

「高《たけ》えですかい？」

「いや、その逆だ」

言ったものの、金銭感覚のあまりの鈍さに、鶴松は自分自身に呆れる思いとなった。

「そうかい。だったら、明日にでも家臣に持ってこさせる」

そのくらいの額ならば、伊丹家でも対処できる。だが、下屋敷を解体したことが、後になって鶴松に新たな火種をもたらすことになるのだが。それが、今の鶴松に気付くはずもない。

「そんなことで、わざわざお越しいただいたんで？」

「金のやり取りは、身内でもきちんとしとかなくてはいけねえと思ってな」

心の内は明かさず、鶴松は顔に笑いを含ませて言った。

「ところで、親分は下屋敷を何にお使いになるというので？」

峰吉が、話の矛先《ほこさき》を変えた。

伊丹家の重鎮以外には、まだ語ってはいない。峰吉だけには、告げておこうと鶴松は居住まいを正した。

「実は、下屋敷で酒を造ろうかと思ってな……」

「さけって、これのことですかい？」

すぐには理解が出来ぬか、峰吉は盃を呷《あお》る仕草で訊いた。

「ああ、その酒だ。酒蔵にしようと思ってる」

「どうして、そんな発想になりますんで？」

峰吉の顔から、訝しさが消えない。

「出羽の国元家老から便りが来てな……」

鶴松は、永瀬からの書簡の内容を語った。

「出来過ぎた酒米で、酒を造ると……」

「ああ、そうだ。それで造った酒の末端価格は、四十万から六十万両になると、勘定奉行の山田が言ってた」

「そんなにですか？」

「ああ、そうだ。どうだ、やってみる価値はあるってもんだろ？」

「ええ。ですが……」

峰吉が、話に乗りきらない。

「何か、思うことがあるんかい？　あったら、何でもいいから聞かせちゃくれねえか」

峰吉の怪訝げな表情に、鶴松は問う。自分でも、気づいていないことは沢山ある。

「でしたら訊きやすが、たった千二百坪の土地で、それほどの量の酒が造れるもんですかね？」

峰吉の問いは、鶴松の足元をぐらつかせるほどの衝撃であった。峰吉が、更に問う。

「伊丹家では、卸値二万両分の米を、どれだけの数の酒蔵に卸していますんで？」

そこまで鶴松は、把握をしていない。ただ峰吉の問いで、一番重要な事に気づかされた。

通常のうるち米の価格は、米一俵（四斗）として一分。一両で、四俵買えるのが相場である。通常米の小売価格としても、二万両分だと――。

「単順に勘定しても、八万俵か。その倍となると……」

千二百坪の土地など、米を積んでおくだけで埋まってしまう。酒を造る蔵どころではない。

「下屋敷くらいの敷地でしたら、酒の出来高は、いいところ年間五千両といったところでしょうな。それでも大変《てえへん》なもんだ」

峰吉の話を、鶴松は黙って聞いている。自分の頭の中での勘定でも、それが得心できた。

甘い見通しに、鶴松の目論見《もくろみ》はことごとく崩れていく。

「俺は、餓鬼のころから墓に供えられた饅頭しか勘定してこなかったからな。どうも、数というものに疎《うと》い」

鶴松が、珍しく自分を卑下した。

だが、穫れ過ぎる酒米を何とか捌かなくては、国元のせっかくの苦労が無駄になる。しかも、宝の持ち腐れになってしまう。

「それにしても、親分……」

そんなことを考えているところに、峰吉の声がかかった。

「なんだい？」

「博奕といい、酒造りといい、面白えことを考えますなあ」

「四万両分の米を売り捌けねえんじゃ、面白くもなんともねえよ」

「親分ともあろうお人が、ずいぶんと弱気なことを仰る」

「なんだって？」

峰吉の、意外な言葉に鶴松の目に光が宿った。

「だって、そうでしょうに。過剰《かじょう》に出来た米を、何も酒にして売り捌くだけが遣《や》り口《くち》じゃねえでしょ」

「他に、どんな方策が有るってんで？」

「それをあっしに訊かれたって、分かりはしやせんよ。ただ、こっちが駄目ならあっちが有る。進む道は一つでなく、いくらだって有るってのは、いつも親分が口にしている言葉ですぜ」

一つ事が駄目で諦めていては、世の中を動かすことなどできはしねえ。

何か事を成そうとするとき、いつも鶴松が口にする言葉だ。鶴松は、峰吉から冷水を浴びせられたような心持ちとなった。

「ありがとうよ、代貸。お陰で、目が覚めた心持ちだぜ」

「そいつは、良かった。親分の強みは、そういった他人《ひと》の言葉を、素直に聞けるところだ」

「そうだな。今度のことは、俺一人で突っ走っちまった」

伊丹家の重鎮三人に、この話をもたらしたとき、端は怪訝な顔をした。「――

お戯れを」と、家老の高川が異を唱えたが、それを鶴松は力ずくでねじ伏せた。そんなやり方で、うまく事が運ぶはずもない。

「……もう一度、掛け合ってみるか」

鶴松の呟きである。それが峰吉の耳に届いた。

「掛け合うって……?」

峰吉には、為替手形の徴収に失敗したと語ってはいない。火種となった六人の子分たちに、折檻《せっかん》が及んではまずいと思っていたからだ。

「もしや、手形は書き直してもらえなかったので?」

勘が鋭い男である。

「ああ、全部断られちまった」

峰吉には隠しておけないと、鶴松は金策の失敗を語った。

「なんで仰ってくれなかったので?」

「話したところで、どうなるもんでもねえだろう。それよっか『てめえらのせいだ!』とか怒って、音吉たちを折檻するんじゃねえかと思ってな」

「親分が寛大になってくれたんだ。あっしらは、そんなことはしやせんよ。ただ……」

峰吉は考えるように言葉を置いた。

「どうしたい？」

「伊丹家は、またまた貧乏藩に逆戻りしたんじゃねえですかい？　そうか、それで……」

何かに得心したか、峰吉は左の掌《てのひら》を、右の拳《こぶし》で軽く叩いた。

「何が、それでだ？」

「親分が、解体の手間賃はいくらかかって訊いてきたときは、おかしいと思ってたんだ。親分なら、釣りがあろうがなかろうが、ポンと百両投げ出すはずだ。余ったら貯《た》め込まねえで、みんな使って世間に金を落とせとか言って」

「解体代金は、五百両ぐれえ掛かると思ってた」

「だったら五百両、黙って持ってきたでしょうよ。だとしても、そんなに掛かりはしやせんよ。そんだけ儲けられたら、世の中の解体屋はみな蔵が建ってますぜ」

峰吉が、顔に笑いを浮かべながら言った。

六

峰吉との話が済み、鶴松は猪鹿一家の自分の居間で、畳に大の字となって考えた。

——酒以外の使い道か。

天井の節穴を見つめて考えていると、良案が浮かんでくると思い込んでいる。

「何か、いい方策はねえかな」

独りごちながら考えていると、天井の節穴が人の目に変わった。

「鶴松さん、何を考えてるの？」

お亮の顔が、寝転ぶ鶴松の顔の上に差し出されたのであった。口と口が、くっつき合うほどの間合いである。

「なんだお亮か」

「また、なんだお亮かって言う」

口を尖《とが》らして、お亮が不快そうな顔をした。

「いいから、顔をどけな。そこに顔があっちゃ、起きられやしねえ」

お亮が顔を遠ざけると、鶴松の上半身が起き上がった。そのまま立ち上がり、長火鉢を前にして座った。火鉢の引き出しに手をやり、中から煙草盆を取り出そうとしたが手を止めた。煙草を止めようと思っても、捨てるまでの決心には至っていない。

鶴松の動きを、脇に座ってお亮が見ている。

「どうしたの？　煙草吸わないの？」

「ああ……それより、お亮に一つ訊きたいことがあった」

煙草を引き出しにしまい、鶴松の顔がお亮に向いた。

「訊きたいこと……？」

「お亮は、殿様とやくざの親分と、どっちがいい？」

酒米のことはいっとき忘れて、鶴松の気持ちがお亮に向いた。

「えっ、何それ？」

妙な問いが発せられたと、お亮は大きな目を見開き唖然《あぜん》としている。

「どちらがいいかって急に言われても、あたしは男でないし……」

鶴松の、問う意味が理解できないと、お亮の首は傾ぐだけである。

「そうだよな。いきなり訊いた俺が馬鹿だった……」

鶴松が、問いを撤回しようとしたところであった。狭い廊下を伝わって、慌しい足音が聞こえてきた。鶴松の居間へと向かってくる。

「何かあったのかな？」

「なんだか、ずいぶん慌ててるみたい」

鶴松とお亮が、顔を見合わせたところで障子を通して声が聞こえた。

「殿はおられますか？」

言葉からして、猪鹿一家の子分ではない。鶴松は、その声に覚えがあった。

「横内か？　いいから入んなよ」

鶴松が返すと同時に、障子戸が勢いよく開いた。部屋を案内したか、その背後に二人の子分がいる。それを差し置いて横内自らが部屋を開けたのだから、相当重大な事がもたらされたと知れる。

「何があったたい？」

おのずと、鶴松の声が大きくなった。

「ご家老が、殿を急いで呼んでまいれと。ただそれだけを告げられまして」

猪鹿一家に来ていることは告げてある。何かあったら、報せろとも。

「理由《わけ》は聞いてねえんだな？」

「はっ。とにかく、急いで行けと」

横内の声音が、息切れている。横内は、築地にある上屋敷から永代橋を渡り、全力で走ってきた。

「よし、すぐに帰るぞ。お亮、また来るぜ」

言ったと同時、鶴松は立ち上がった。

「はいよ、おまえさん」

お亮の返事を聞いて、鶴松の肩が少し止まったが、振り向くことなく部屋から出た。

「築地に行くんでしたら永代橋を渡るより、熊井町《くまいちょう》から舟で渡った方が早いですぜ」

子分の一人が、文七である。深川熊井町は、大川の河口にある。江戸湾で漁をする漁師や蜆《しじみ》取りが多く住む町で、猪鹿一家が頼めば舟が調達できる。中州である石川島《いしかわじま》の人足寄場《にんそくよせば》と佃島《つくだじま》を左に見て、水路を辿《たど》っていけば数段早く上屋敷に着ける。文七が、それを勧めた。

「そうするか」

文七を案内に立たせ、鶴松たちは永代橋でなく、大川の河口に向かった。そこで、漁師の舟を調達する。

新堀の、できるだけ奥まで入り、簡易の船着場から陸《おか》へと上がった。

そこから一町ほど歩くと、伊丹家上屋敷の正門がある。

上屋敷に着くと、家老の高川が玄関先に立っている。

「殿、お帰りを待ちかねておりましたぞ」

「よほどの急用みてえだな。ご家老が、玄関先で出迎えるなんて珍しい」

以前、国元が水害に遭ってその報せが届いて以来だ。あの時は、千代田城からの帰館であった。

「何があったい?」

「まずは、奥で……」

式台で雪駄を脱ぐと、そのまま御用部屋へと向かった。

八畳の間の真ん中で、鶴松と高川が向かい合う。

「先刻来より、幕府の使番《つかいばん》が来ておりまして、殿は外出中と言って待たせておりまする」

「だったら、慌てねえでそのままずっと待たせてりゃいいじゃねえか。それで、何の用事だい？」

「それが、お上《かみ》からの命《めい》で、直《じか》に殿に告げるとの仰せで……お上からの命と聞いて、余程のことかと。それで、急ぎ横内を猪鹿一家に使わせました」

「やはり三太郎じゃ、用がなせねえか」

「はっ。通達の中身が知れませんと、三太郎では荷が重過ぎるものかと」

「しょうがねえ、会うとするかい」

鶴松が立ち上がり、歩き出そうとするのを高川が止める。

「殿、そのお召し物では……」

千本縞《せんぼんじま》の紬《つむぎ》の小袖《こそで》に、同柄の羽織《はおり》ではどう見ても商人にしか見えない。小銀杏《こいちょう》に結った髷《まげ》はいなせに曲げているが、それを真《ま》っ直《す》ぐ月代の上に置けば、少しは殿様らしく見える。

　ポンポンと、高川が手を叩くと同時に隣部屋から三人の腰元が現れた。手には、鶴松の着替えが抱えられている。腰元は手早く鶴松の小袖を脱がせ、綸子《りんず》の紋付《もんつき》袴《はかま》姿に着付けた。一人の腰元が髷を整え、どうにか幕府の使番と対面できる体裁はついた。それに、四半刻ほど要したが、鶴松は気にしていない。

「俺だって、城に行って二刻以上待たされたことがある」

　腰に、白柄の小さ刀を差すと、鶴松は使番が待つ客の間へと向かった。高川が、背後に従っている。

「ご無礼仕《つかまつ》りまする」

　高川が声を飛ばし、襖を開けた。すると、正式の裃《かみしも》を纏《まと》った武士が、床の間を背に上座に座っている。

　将軍の名代《みょうだい》ということで、大名よりも位が上とみなされる。一間の間を置き、鶴松は向かい合って座った。その後ろに、高川が控《ひか》える。

　以前に来た者とは違う、初めて伊丹家に来た、幕府からの使者であった。

「お待たせいたした」

申し訳ないとは、謝らない。

「一刻ほど待ちましたぞ」

使番が、嫌味を言った。俺はもっと待たされたと思ったが、口には出さない。

「それで、御用の向きとは……？」

挨拶もそこそこ、鶴松から問いをかけた。

「若年寄《わかどしより》畠山河内守《はたけやまかわちのかみ》様の口上である」

将軍家斉《いえなり》の名代ではなく、若年寄の口上をもたらす使者であった。しかも、聞いたことが無い名である。ならば、上座を譲ることはなかったと、鶴松は一瞬顰《しか》め面《つら》となった。

「それでは、申し伝える。小名木川沿いにある下屋敷を、即刻明け渡せとの仰せである。以上でござる」

言い終わると、用が済んだとばかり使者が立ち上がろうとする。一刻待って、たったそれだけの文言であった。だが、伊丹家としては、大問題だ。それだけの口上で、分かりましたと終わらせたくはない。

「ちょっとお待ちを」

鶴松が、手を差し出して使者を制した。

「もう、用は済みましてござるぞ」

「そちらはお済みでしょうが、こちらからはまだ……」

鶴松が、無頼特有の凄みを向けた。すると、立ち上がろうとしていた膝が折れ、再び正座となった。

「下屋敷を返せとは、いったいどういうことで？」

「そう訊かれたときは、こう答えろと畠山様から言われてござる」

使番は少し間を置き、語り始める。何も訊かれなかったら、黙って帰るつもりだったようだ。

「深川の下屋敷で、最近不始末があったと聞き、昨日調べたところ、本殿が跡形もなく敷地は更地になっていた。屋敷を囲む、築地塀だけが残っている。不始末の届けを出さず、勝手に本殿を取り壊すとはけしからん。故に、没収するとのことでござる」

「不始末なんてとんでもない。あの建屋は築年数が古く、床下からそうとう傷んで、潰れる寸前だった。地揺れがあったら、真っ先にぺしゃんこ……」

火事を起こしたことは、触れずに惚《とぼ》けた。相手も、その件には触ってこない。知っているのか知らぬのか、使番の、冷たく無表情の顔からは、判断がつきかねる。

「いかなる理由《わけ》があったか知れぬが、拙者は申し伝えることだけ伝えましたので、これにてご免」

立ち上がる使者に向かって、鶴松が更に問う。

「これから、元の通り建て直そうと思っているのだが、それでも駄目か？」

「拙者に問われても、答えようがござらぬ。異義申し立てがあれば、直接若年寄の畠山様に掛け合うがよかろう」

使番に、何を訊いても何を頼んでも、埒《らち》が明かない。

酒造りは考え直すとして、今千二百坪の土地を無くしたら、何も出来なくなる。鶴松の頭の中は、千二百坪の土地で何をしようかではなく、これからどうしようかに切り替わった。

若年寄畠山からの使番は、終始無表情であった。

弱小の外様《とざま》大名など、鼻くそほども気にかけてない連中である。その顔からは、幕府の思惑《おもわく》など知れるものではない。

「それでは、ご免」

と言って、使番が客の間を出ていく際、鶴松と高川は立ち上がることもなく、言葉一つかけることなく見送った。使番は、それを気にする風もなく、振り返ることなくその場を後にした。

七

使者がいなくなったあと、客の間で鶴松と高川が向かい合う。

「また、振り出しに戻りましたな」

高川の問いに、鶴松は首を振る。

「いや、振り出しならまだいい。あの使番の顔を見てたらな、幕府は途轍《とてつ》もなくでかい難癖をつけてくるかもしれねえと思った。本当に、伊丹家をぶっ潰すつもりになってな」

以前幕府は、隅田川の護岸工事に掛かる費用を伊丹家に委ねたことがある。その時は、国元の借金やなんだかんだで五万両が必要であった。そこで、猪鹿一家と結束し、博徒大名伊丹一家を立ち上げた。

下屋敷を賭博場に造り替え、十五万両以上の利益をもたらした。借金や幕府への供出を済ませても、十万両の財が残った。しかしそれは現金ではなく、為替手形という形でである。それが、たった一粒の煙草の火種で、焼失してしまった。

鶴松は、その過失については誰も咎めることはなかった。それは、災いが福を呼び、数十万両の富をもたらすものと考えたからだ。しかし、現実を鑑《かんが》みると、その逆を辿っている。

為替手形の再発行は全て断られ、幕府からは下屋敷の返却を求められた。それだけで済むなら、挽回《ばんかい》の手の打ちようがある。

「幕府の難癖とは……？」

高川の問いに、鶴松が答える。

「下屋敷を明け渡すだけでは、どうも済まねえ気がする」

「何故《なにゆえ》に、そう思われますので？」

「奴は、火事のことに触れなかっただろ。不始末とは言ったがな」

奴というのは、幕府の使者のことである。

「半鐘が鳴ったんだ、その騒ぎが幕閣の耳に入ってねえはずがねえ。だが、奴はそれを口にしなかった。ってことは、何かを目論《もくろ》んでいるってことだ」

「殿は今、伊丹家をぶっ潰すとか言ってましたな」

「ああ、言ったよ。幕府はその気になってると思える」

鶴松の話に、四十も過ぎた高川の体が硬直している。皺が増えた額に、更に数本深い溝が刻まれる。

「だとしても、何故に伊丹家を目の仇《かたき》に？　こんな貧乏藩を潰したとしても、増えるのは浪人ばかりで、幕府としてはなんの得策にもならないと思われますがな」

首を傾げながら、高川が唱える。理不尽だとの不満が、紅潮した顔色に表れている。

「何も、顔を赤くさせることはねえやな。何を目当てにぶっ潰しに来るか知らねえが、相手がその気なら、受けて立つしかねえだろ」

「すると、殿は幕府を相手に戦うので？」

「ごめんなさいと言って、謝って済む相手じゃねえ。だったら、戦うよりしかたねえだろう。戦うって言っても、槍や鉄砲を持って殺し合うことじゃねえけどな」

「ならば、何で戦うと……？」

「ここよ」

言って鶴松は、自分の頭を指で叩いた。

「武器も兵力も金も、何もねえときたら戦うのは知恵より他にねえだろう」

「それにしても、相手は何が狙いなんでしょうな？」

「伊丹家《うち》の財産に、決まってるだろう」

「財産って……今の伊丹家には、何もありませんぞ」

「ようく考えたら、伊丹家が博奕でしこたま儲けたってのを知ってるんだよな。そういえば、老中が嗅《か》ぎつけたってことを聞いて、跡形も無く博奕場を片づけたのだから。しかし、財産が燃えちまったのまでは知らねえだろうよ……そうか！」

何に気づいたか、鶴松の細い目が見開いた。

「幕閣の奴らは、俺たちが財を隠したと勘ぐってやがるな。屋敷を燃やし、更地にすることで偽装したと勝手に思い込み、力ずくで来やがった。屋敷を返せってな。奴らがその気なら、こっちも本気で相手にしてやる」

博徒の親分の血が騒ぐ。

「幕府を相手にですか？」

高川が、不安げな顔をして言った。

「幕府を相手に、どれほどのことができますので？」

諫めようにも、鶴松の目が吊り上がり、異様な光を発している。これまで見たことも無い、阿修羅《あしゅら》を髣髴《ほうふつ》させる恐ろしい形相に、高川自身が震え上がった。

それから五日、何事も無く過ぎた。

文月《ふづき》半《なか》ば、夏も盛りが過ぎ、季節は秋に向かおうとしている。あと一月もすれば、米の刈り入れが始まる頃。

出羽の国元に行っていた、江戸留守居役の片岡彦兵衛が戻ってきた。宿場ごとに早駕籠《はやかご》を乗り継ぎ、途中早馬も利用したので、十日ほどで往復できた。

「ご苦労だったな」

疲れきった表情の片岡と、鶴松は御座の間で向かいあった。家老の高川と、勘定奉行の山田も同席する。

「急いで話を聞きてえんだ。休むのは、後回しにしてくれ」

「心得てござります。身共も早くお知らせいたしたく、急いで帰ってまいりました」

片岡の身形《みなり》は、旅支度のままである。

「それにしても、国元はたいしたものでござりました。新田が開拓され、米の作付け面積は以前の三倍にも……」

春先に起こった大水害が、これほど出羽松越藩に繁栄をもたらすとは、誰も予想すらしていなかった。災い転じて福と為すの典型である。

「これも殿のお陰ですと、城代家老の永瀬様がよろしく伝えるよう仰っておりました」

「そいつは分かったから、先を話してくれ」

「はっ。身共が松越の領地に着きますと、一瞬目を疑いました。見るも広大な水田が広がり……」

その水田には、酒米となる稲穂が青々と育っている。その一本一本に籾《もみ》がたわわに実り、刈り入れの時期を待ち焦がれている。

水害に遭ってから領民たちは奮起し、年寄り、女、子供までが一緒になって、全員の力で田圃《たんぼ》を開拓し、四月の田植えに間に合ったという。最上川《もがみがわ》の水を引き込み、僅かにある平坦な土地の半分が水に埋まった。だが、水害ではなく水田である。昼夜問わず働いた、五千人の努力が実った。

「みんな、頑張ったのだな」

鶴松が目を瞑《つむ》り、感慨に耽った。領民たち、一人一人の顔が、瞼《まぶた》の裏に浮かぶ。

いつまでも、感慨に耽っている場合ではないと、鶴松は目を開き、話を促す。

「それで……？」

「はっ。確かに、今年の秋は豊年満作が期待されまする。ですが、ご家老永瀬様の申すには……」

米が取れても、捌ける口が無い。家臣、領民の食い扶持《ぶち》を除いたとしても、かなりの量である。そこに、片岡が江戸での酒造話を持ち込んできた。家老永瀬は大乗り気となり、収穫を前に江戸への運搬の準備に取りかかるという。

「一台に六十俵積める荷車を、これから大量に造るとのことです。ええ、車造りの職人を大勢雇い、重い荷物が運べる頑丈な車を」

米六十俵といえば、約千貫である。そんなに重い荷物を、いちどきに運べる荷車はこの国にはない。それが、造れると永瀬が言ったと片岡が告げる。

国元での、出荷準備が既に始まっている。それと、酒造りの頭である杜氏《とうじ》と職人を集め江戸に送り込む。その手配も始まっているとのことだ。

「とにかく、国元は大喜びでありまして……」

片岡が、語れば語るほど聞いている三人に、憂鬱《ゆううつ》が募《つの》ってくる。

「おや？　どうかなされまして……？」

片岡が、それに気付いた。

「実はな、片岡……」

家老の高川が、成り行きを語ろうとする。

「ちょっと待ちなご家老、俺から話す」

最高責任者となった以上、自分の失策として、全てを背負わなくてはならない。

その経緯を語るのも、自分の役目だと、鶴松は高川を制した。

鶴松は、片岡に向けて語る。十万両の為替手形、下屋敷没収、酒蔵造りの計画見直しなどで方針が変わったこと。しかし、新たな方針はまだ定まっていない。

「……てな事情《わけ》だ。まったくすまねえことになっちまった」

語り終えると、鶴松は片岡に向けて頭を下げた。

「左様でしたか」

出羽に行く前の張り切りようと比べ、真逆の様相に片岡の肩も落ちている。

「それでは、すぐに止めさせませんと……」

苦渋の表情で、片岡が言う。

「何をだ？」

鶴松が、首を傾げて訊いた。

「荷車造りと、酒造りの職人探しを……」

「そんなこと、する必要はねえよ」

鶴松の返事が意外とばかり、三人の重鎮の訝しげな顔が向いた。

「それでは、荷車が無駄に。一台造るのにも、かなり金と手間が掛かりますが……」

……

「今から止めろと言ったたって、それこそ無駄になっちまう。だったら、どんどん造らせたほうがいい」

「となると、莫大な資金が……」

心配するのは、勘定奉行の山田である。

「いいんだよ、それで」

渋面だった鶴松の表情が、雷雲が去った後のように晴れ晴れとしている。

「今、片岡が言ってたろ。重い荷物を運べる頑丈な荷車って。出羽から、一台に六十俵も積んで来るんだ。それに耐えられる工夫を凝《こ》らすだろうよ。そして、米を運び終えたら荷車は用済みとなる」

「やはり、酒米を運びますので？」

高川の問いである。

「あたりめえよ。誰が、運ばねえと言った？」

「ですが、金も無く、酒造りも止め、米の置き場も無いとすれば……」

「ああ。確かにご家老の仰るとおり、今はな。だが、米が届くのはいつ頃だい？明日か明後日《あさって》じゃねえだろ」

米の収穫は一月後。それから脱穀《だっこく》して、精米をする。酒米として出荷するのは、まだ数か月も先である。

「そんなに時が有るってのに、今から諦めるって手は無《ね》えだろ。それに、国元の領民たちがみんなして、命を懸《か》けて作った米を絶対に水の泡としちゃならねえ。江戸でのんびりとしている俺たちが、泣き言を言っててどうする」

「まったくで！」

高川が、一際でかい声を発した。大きく頷く姿に、憂いは取り払われている。

「さっきの荷車の話だがな、そいつがうまく造れたら、松越藩の特産品にして、江戸中いや国中の商店に売り付けるんだ。一台にいくらかかるか……例えば、五両かかるとしたら、それに三倍の値を掛けて売ればいい。大八車の、数十倍の荷が運べるとあっちゃ、みな食いついて買うぜ」

「なるほど。ですが、職人への給金や、荷車の素材にかかる元手はどうなさるおつもりで？」

「大目付《おおめつけ》の小笠原右京《おがさわらうきょう》と、飯岡藩《いいおかはん》の大田原《おおたわら》からいただいた金があるだろ」

賭博で儲けた金をせしめようと企《たくら》んだ二人を、逆に懲《こ》らしめ六万両の制裁を科すことにした。千三百石分を年払いさせ、それが一年分国元に納められた。それと、国元への補助金として一万両送ってある。それを返してくれとは、鶴松は言わない。遥《はる》かに裕福となっている。今は、江戸藩邸より国元の方が、

「当座は、それで間に合うだろう。それにしても、いい売り種が出来たぜ。荷車の図面が出来てたら、送ってもらいてえものだ」

「えっ？ そうだ、永瀬様から預かってた……」

言って片岡は、荷行李《にごうり》の中から一枚の、丸めた紙を取り出した。広げてみると、鶴松が欲しいと言った荷車の図面であった。

「なんで早くこれを見せねえ」

片岡の手からふんだくった図面を、鶴松は畳に広げた。やはり、工夫が施されている。車は二輪でなく四輪で、安定感と重荷に耐えられる。四つの車輪は歯車が組み合わされて繋《つな》がっている。動力が、四つの車輪に伝わり駆動する。従来の荷車の、十分の一の力で動かせると書かれてある。

「こんな物、よく造り上げたな」

鶴松が、図面を眺めながら感心しきりである。

「酒米を大量に運ぶために、作事《さくじ》奉行の大平源内《おおひらげんない》という家臣が、ずっと以前から技術の探求と開発を進めていたそうです」

「……大平源内？　頭の良さそうな名だな」

呟いたのは、山田である。

「それがここにきて完成なされたと、城代家老の永瀬様は仰っておられました。米六十俵積んでも、後ろ二人で押して前を一人で牽《ひ》けば、たった三人で動かせるそうです。ええ、坂道も楽に上れると」

片岡が、話を付け足した。

人力でも容易に牽けるが、出羽と江戸は遠い。速さを増すため、馬一頭に牽かせれば、半刻で五里進むことができる。馬を休ませながらも、三刻もあれば三十里の進行が可能だ。江戸には四、五日で着ける。二頭ならば、もっと速い。

因《ちな》みに、出羽から江戸に米を運ぶとなると、従来の経路では酒田湊《さかたみなと》まで運び、そこから菱垣廻船《ひがきかいせん》か何かに載せ、海路を伝って江戸に運ぶ。その期間は、一年から二年に及ぶ。それが、この荷車だとたったの四、五日で運ぶことが出来るようになる。それだけに、胸の高鳴りも半端でない。

手綱《たづな》を捌く座台も有り、そこに二人が腰掛けられる。

「量産は可能かな？」

「とりあえず、百台造ると永瀬様は言ってました」

「それじゃ、足りねえな。少なくても、四百台はいる」

「素材があれば、いくらでも造れるらしいです」

「そいつは、いいな」

片岡の話に、鶴松が身を乗り出してのめり込む。

計画頓挫《とんざ》の話はどこに行ったか、伊丹家四人の重鎮の目が輝き始めた。

第二章　新事業で大儲け

一

図面には、一台二十両かかると書かれてある。

作るのが一番困難で、手間と素材がかかるのが車輪と歯車である。

「ここは、絶対にケチれねえ。もっと金を費やしてでも、立派で頑丈に作るんだ」

そこに、更に五両上乗せしてもいいと、鶴松は強調した。

「殿、そうなると売りの上代は八十両となりますぞ。それではいささか……」

高価過ぎるのではないかと、山田が口を出した。

「いや、米を出羽から江戸まで四、五日で運べるんだ、安すぎるくらいだぜ。欲しいと思う商人はいくらでもいる。また、こういう物に金も出せねえ商いなら、端《はな》から止《や》めた方がましだ。弱気になることはねえ。ところで、四百台こっちの言い値で売ったら、いくらの上がりになる？」

山田が天井を向き、頭の中で算盤《そろばん》を弾《はじ》く。

「売りが三万二千両で原価が一万両。粗利益は、ざっと二万二千両ってところですな」

「いいじゃねえかい。こんな優れもの、四百台くれえ、あっという間に捌《さば》けちまうぜ」

鶴松が言うと、いとも簡単に売れるような気がしてくる。

ひょんなことから、荷車製造事業へと商いが発展する。酒造りだって、まだ諦めたわけではない。ただ、自分で造って売るとなると、さしたる旨《うま》みがなさそうである。鶴松は、峰吉が言っていたことを思い出した。

「……千二百坪の土地で酒を造っても、せいぜい生産能力は、五千両が目一杯だと」

ならば、どうするか。鶴松が目を瞑《つむ》り、腕を組んで考える。その様に、重鎮三人が、次にどんな言葉をかけてくるかを待っている。

鶴松の脳裏には、米俵が積まれた四百台の荷車が、一列に並んで街道を前進する絵が浮かんでいる。先頭から殿《しんがり》までの長さは、およそ二十町に及ぶ。

「……壮観だな」

口から呟《つぶや》きが漏れ、顔がにんまりとしている。そして、への字となった口角が上がり、頭の中は現実に戻った。

「……四百台の荷車を、受け入れる場所を確保しなくちゃいけねえ。それと、四万俵の米の出荷先だ」

当初は六万俵と踏んでいたが、領民と家臣が食う分がある。二万俵残せば、一年間は、腹一杯食っていける。さすれば更に元気が出て、仕事に精が出せる。益々松越藩は太って、これ以上目出度《めでた》いことはない。

「……また、猪鹿一家の手を借りなくちゃいけねえな」

賭博《とばく》事業で、伊丹家と猪鹿一家をくっつけ『伊丹一家』を立ち上げた。賭場《とば》の撤退とともに、伊丹一家は解散した。それをまたくっつけようと、鶴松は考えている。

「……商店のでかいところも、味方につけなくちゃいけねえな」

鶴松の考えが、めまぐるしく回転する。その度に、ブツブツと呟きが漏れている。それを重鎮たちは、返答も、つっこみもせずに黙って聞いている。

「……この話《じょ》をどこにぶつけたらいいか？」

そん所そこらの商店ではない。江戸でも指折り数えるほどの、大店《おおだな》である。今度の一件で、鶴松の人脈は大きな広がりを見せた。それも皆、途轍《とてつ》もない大富豪たちである。

「だったら、みんなにだ」

呟きではなく、声らしい声となって出た。

「何が、みんなでありまするか？」

高川の問いに、鶴松は思案から頭を戻した。

「ちょっと、いろいろなことを考えててな……」

「ええ、殿が熟慮されてますので、身共《みども》らは黙っておりました。それで、何をお考えでおいででしたか？　にやにやしてたり、真剣な顔をなされたり、ブツブツと呟いておられましたが」

高川の問いには答えず、鶴松の顔は山田に向いた。

「お奉行さん。また大富豪のところを回るぜ。今度は、五千両の為替《かわせ》の取立てに行くんじゃやねえ」

「でしたら、何を……？」

「四十万両の、約束手形だ」

「えっ？」

山田の驚く顔に、鶴松は目を細め小さく頷《うなず》きを見せた。

鶴松の夢は、大きく広がる。

「いや、夢なんかにしちゃ駄目だ。現実にしなくちゃ、何の用もなさねえ」

それを成就するには、途轍もない困難苦難が待ち受けているだろうが、鶴松は意に介していない。

「――まだ、なってもいねえことを、くよくよ考えていたって先に進まねえ。まずは、絶対に成し遂げるという気構えが大事だ」

事あるごと、鶴松は言う。この精神を、鶴松は家臣、子分、そして領民全員に擦《す》り込んだ。その気持ちを受け止めて、真っ先に事を成し遂げたのは、国元の領民たちであった。

「国元の領民たちに、俺たちゃ負けるわけにはいかねえぜ」

「まったくでござります」

鶴松が、重鎮たちに発破をかけると、三人の声が揃った。声音が上ずっているのは、気持ちが入れ込んでいるからか。

まずは、大富豪巡《めぐ》りを再び始める。納得させるために、絵図を描かなくてはならない。事業劃策《かくさく》書というものである。

「こいつを三日内に作り上げるんだ」

「三日内ですか?」

山田が、時の余裕を問うた。

「ああ、三日内にだ。時が無えなんて言わせねえぞ。やりてえことは決まっているし、算盤勘定だって出来ている。あとはそいつをまとめるだけだ。国元のみんなが、あれだけのことを成し遂げたんだ。俺たちも踏ん張らねえとな」

国の領民を盾に取られては、何も言い返せない。

「かしこまりました。それで、何から手をつけましょうかな?」

高川の同意に、山田と片岡も追随する。

「まずは、この荷車の図面を描き写す。家臣の中で、絵の上手《うま》い者はいるか?」

「はっ。犬や猫の絵を描くのに、すこぶる長《た》けている者がおりまする。先日も、いなくなった三毛猫を捜すのに、その者の絵が役に立ったと」

片岡が、間を置かずに答えた。

「そいつに、二十枚ほど描かせろ」

若旦那が、博奕《ばくち》で作った借金の取立てで、知り合った大富豪は二十人ほどに上る。鶴松は、その全員に話を持ちかけようと考えている。そこから、資金と米を貯蔵する土地を調達。そして、酒米と荷車を売り捌く販路を確保するつもりであった。

「山田は、勘定に長けた者に、これを見積もらせてくれ。いくらかかって、いくら上がりが見込まれるかってな。金を引き出すのに、最も重要な書付けだ。手抜かりの無いよう、心してかかってくれ」

「かしこまってござる。お任せくだされ」

山田の、力強い返事であった。

「この話に、半分の大富豪が乗ってくれれば恩の字だ。そうすりゃ、下屋敷なんて幕府に返したってかまわねえ。ああ、熨斗《のし》をつけてこっちから返してやらあ」

幕府の使番が来てから五日が経《た》ったが、その後何も言ってこない。

いずれにせよ、千二百坪ほどの土地では中途半端な広さで何もできない。鶴松は、下屋敷の土地は当てにしないことを決めた。

二十町に亘《わた》る、荷車とそれに積まれた酒米が遅くとも四月後に江戸に運ばれてくる。その受け入れ態勢を、今から取らなくてはならない。いったい、どれほどの土地が必要なのか、想像だに出来ない。天にも届くほど積み上げられた米俵を想像し、鶴松は小さくため息を吐《つ》いた。


松越藩伊丹家の、一大事業が始まろうとしている。

その号令が、江戸詰め家臣およそ二百名を大広間に集め発せられた。

「これから俺たちは、侍《さむらい》ではなく商人として働く。ぶらぶらと、遊んでる暇はねえぞ！」

鶴松の第一声に、家臣たちから大きなざわめきが起こった。

「侍から商人……」

「刀を捨てろってか？」

「いったい、何をやろうってんだ？」

誰もが耳を疑って、家臣たちの口々から出るのは、そんな言葉ばかりである。不安と疑問で眉間《みけん》に皺《しわ》が寄り、誰一人乗り気そうな者はいない。

「静かにしろ！」

片岡が、大声を発した。するとざわめきは収まり、場は一瞬の静寂を持った。

「何故《なにゆえ》に、拙者《せっしゃ》らは侍から商人にならなくてはいけませんので？」

立ち上がって問うたのは、徒組番頭《かちぐみばんがしら》の横内であった。

「いい問いだ」

鶴松は、広間に集まった全員を得心させなくてはならない。今、細かなことを説いても伝わらないことは分かっている。一つ間違えれば、足並みが揃わず、事業として成り立っていかない。事を成すには、全員の結束が必要なのだ。

説得するより、納得させる。それを言うために、家臣をこの場に集めたのである。

「いいか、よく聴け！」

鶴松の大号令は、家臣たちの耳をつんざく。中には、両手で耳を塞ぐ者がいる。

「耳を塞がねえで、聴いてくれ」

声音を抑えても、充分に声は行き届く。全員の目が、鶴松に向いた。コホンと一つ咳《せき》払いをしてから、鶴松が語り出す。

「今、出羽の国元では家臣と領民が一致団結して、六万俵の酒米を作った。普段では、二万俵しか出来ねえところをだ。年寄り、女、子供までが汗水を垂らし、血の滲《にじ》む思いで新田を開発し、例年より四万俵も多く作れた」

鶴松の語りが止まったのは、あちこちで小さなざわめきが起こったからだ。

「ろくまんびょう」「ろくまんびょう」と聞こえてくる。

「静かにしろ！」

片岡の大声が、再びざわめきを抑えた。

「ああ、六万俵もだ。その内二万俵を家臣、領民の食い扶持《ぶち》として残し、四万俵の酒米を金に換える」

　ここまでを語り、鶴松は全員を一言で得心させる言葉を吐く。

「領民たちの尻《けつ》は、俺たちが持つ」

　家臣領民問わず、松越藩が、一丸となれとの意味を持たせた。

「いいか、分かったか！」

「おーっ！」

　全員が拳《こぶし》を突き上げ、鬨《とき》の声が揃った。

　その後、詳細は主だった家臣たち二十名に告げられ、それぞれに役目を担う『組』に分けられる。

二

　戦国の世が治まり、二百年以上が経っている。

　安楽の世の中で、刀で飯が食えるのは、ほんの一握りの侍たちだけだ。ほとんどの侍はつぶしが利かず、飯の種である主家が潰れたら、生きる術《すべ》さえも見つからぬ者たちばかりである。

いつ起きるか分からぬ有事のために、家臣たちは飼われている。事変が起きたら鎧《よろい》を纏《まと》い、槍を持って戦いに参じる、いわば兵隊なのだ。ほとんどの侍は、そのための鍛錬を忘れ、日がな一日、好きなことをして安穏と暮らしている。

主家が、十万石以上の禄を持つ大大名ならそれもよかろう。だが、陸奥《みちのく》出羽の、たった一万石の外様の小藩では、常にお家の破綻を肩に担いでの切盛りが余儀なくされている。そんな弱小藩の家臣で生まれたからには、自分の身は自分で守らなくてはならないとの、自覚が必要となってくる。

それを踏まえて、伊丹家家臣たちに、事業の劃策が伝わった。

商人になれと言っても、羽織袴《はかま》を脱いで、刀を捨てろとまでは言っていない。武士にそこまで無理強《むりじい》しては、士気が弱まってしまう。家臣たちには姿格好よりも、生きる手段を大事にしろと、鶴松は説いた。

そんな最中にも、幕府からの重圧は容赦なく襲ってくる。

つい先だっては、隅田川護岸工事の御手伝普請《おてつだいぶしん》で、二万両の供出を求められた。財がほとんど底をついた伊丹家にとって、理不尽な要求であったが、問答無用である。出来なければ、それを盾にお家没収を言い渡されかねない。そんな折に、伊丹家当主となった鶴松は一策をもちい、その難局を乗り切った。

「――ああいった、どうにもなりそうもねえ窮地が、人を成長させるんだぜ」

この言葉が出たのは、火事が起きた日の、宴会の席であった。何か一つご挨拶をと、家老の高川から促され一席打《ぶ》った。十万両もの財ができ、余裕の鶴松に、喝采《かっさい》が鳴り止まなかった。そして、その夜の火災でせっかく儲けた財を失ったのである。

だが、鶴松たちはめげてはいない。賭博以上の、大きな財をもたらす鉱脈を、掘り当てたような心持ちとなった。

家臣一同の気脈が揃い、船出となった。

それから十日経っても、幕府からは何も言ってはこない。

使番が使わされてから、半月が過ぎている。その間、鶴松たちは着々と事を進めていた。

事業劃策書や荷車の図面、事業組織図や展開図も出来上がり、冊子としてまとめ上げた。綴糸《とじいと》で製本された冊子は、五十丁の厚みを持った。半分が文字で、半分が図や表で事業の説明がなされている。

猪鹿一家の力を借りて、息がかかる黄表紙《きびょうし》などを発刊する版元に制作の依頼をかけた。費用は猪鹿一家が、伊丹家への貸し金として立替えることとなった。

「――事業が成就したら、たんまりと利息は払うぜ」

借りるも貸すも、鶴松の胸一つである。そして、百冊ほどが刷り上がった。

「よし、出来上がったな。ずいぶんと立派なものだ」

出来た冊子をパラパラとめくり、鶴松は大きな頷きを見せた。形から入るとして、この上ないものだ。

今まで、書籍とは縁のない生き方をしてきた鶴松からしても、充分に納得できる出来栄えであった。

鶴松はいく度も読み返し、事業劃策書の内容を頭に叩き込んだ。

高川、山田、片岡の、三人の重鎮たちにも冊子が渡される。

「いや、これは大したものですな」

「大富豪たちも、乗り気になりましょうぞ」

「これで、藩の財政も磐石《ばんじゃく》なものになりまするな」

丁をめくりながら、重鎮たちの感慨がそれぞれの言葉となって出た。

「明日からこれを持って、大富豪のところを回るぞ」

江戸でも有数の大富豪との折衝に、一介の家臣というわけにもいかない。ここは当主の鶴松と、江戸留守居役の片岡が出向くことにした。五千両の取立ては山田が供に動いたが、ここは交渉力のある片岡を従えることにする。

まず手始めに、荷車とは切っても切り離せない、運搬事業で財を成した『淀川《よどがわ》屋《や》』を訪れることにした。

霊巌島の東湊町《ひがしみなとちょう》に店を構え、主に上方からの荷を扱う廻船問屋の大手である。そこの当主が、齢《よわい》六十になってもなお一線で指揮を振るう、権左衛門《ごんざえもん》という男であった。先祖は浪速《なにわ》の出だが、権左衛門は淀川屋五代目で江戸の生まれである。それでも浪速商人の性根は絶やさずとの家訓で、上方弁が抜けていない。

鶴松が、淀川屋を訪れるのは三度目で、片岡は初めてである。鶴松の顔を、番《ばん》頭《とう》も知っている。

「これはこれは伊丹様。ようお越しで……」

番頭の愛想も良い。

「大旦那さんはいますかい？　いたら、伊丹長宗が来たと取り継いでもらいたいので」

鶴松は、けして表では自分の本名を語らない。

「少々お待ちを……」

本来ならば、そうそう会える相手ではない。以前は、権左衛門の孫が作った借金の取立てで、鶴松の方に分があった。だが、この度は交渉ごとである。

「――交渉ごとというのは、相手にも利をもたらし、こっちにも利をもたらす、五分と五分の駆け引きだ。なので、なんにも気後れすることはねえ。それを、頼みごとだと考えるから遠慮が出てくる」

相手の利益を先に考えてあげれば、すんなりと聞いてくれる耳を持つ。

鶴松は以前、博奕の客を集める際に、猪鹿一家の若い衆《し》たちに訓示を垂れたことがある。今は、自分でそれを実行しようとしている。

「大旦那様が、お会いなさると申しております。ですが、半刻ほどして出かけなくてはなりませんので、四半刻ほどならとのことです」

「それだけ時をいただければ結構……」

番頭の案内で、客間に通される。そこには権左衛門はいない。座布団が二枚、上座に並べて敷いてある。武士、それも大名としての敬意が示されている。

鶴松と片岡は、床の間を背にして座り、権左衛門が来るのを待った。だが、なかなか権左衛門は現れない。

「四半刻と制限を持たせたわりには、遅いですな」

片岡が、焦《じ》れるように言った。

「そんなに慌てることはねえよ。出かけるのは、取り止《や》めになるぜ……たぶん」

「えっ、取り止めとは……?」

「まあ、会ってみりゃ分かるよ」

と言ったものの、鶴松たちを待たせる意図までは想像が至らない。それからもしばらく待たされてから、ようやく襖が開いた。四半刻の、半分くらいが消化している。

「お待たせはんでしたな」

抜けない上方弁を発して、権左衛門が入ってきた。その姿は、黒紋付袴の正装である。

「これから祝い事がありましてな、それで先に着替えをさせていただきましたんや」

権左衛門が、待たせた理由《わけ》を語った。正装で向かい合えば、相手を敬《うやま》うことにもなる。そんな意味も感じられ、片岡の不満げな顔は穏やかなものとなった。

「時がおまへん。さっそく用件をうかがいましょか」

片岡が、風呂敷に包んだ手荷物の中から、冊子を取り出した。

「まずは、これをご覧くだされ」

権左衛門と片岡とは初面識だが、挨拶を交わす暇も無いと、早速本題に入った。

「事業……これ何と読みますのや？」

表紙に書かれた劃策という字が、権左衛門が読めずに訊《き》いた。

「事業かくさく書と読みまする。事業の内容と遂行、そして予算の指針を示したものですな」

「ほう。五千両の取立てではないのでおますな」

「ええ。あれとはまったく別な案件を持ってきましたぜ」

相変わらず、伝法《でんぽう》な口調で鶴松は応対する。

「いったい何を……？」

「それが全て、これに書かれてありまさあ」

鶴松に言われ、権左衛門が冊子を手にすると、最初の丁を開いた。

食い入るように、権左衛門が見やっている。その姿に、鶴松と片岡は互いに見合い、得心するように小さくうなずいた。

権左衛門の体が、徐々に前のめりになっていく。事業の内容に、釘付《くぎづ》けになっている証拠だ。四半刻が過ぎても、まだ半分ほどしかめくられていない。出かける時が迫っている。だが、権左衛門はそれに気づいているのか分からぬほど、冊子に没頭している。

無意識で、口から漏れる。

「ふーむ」

ときおり、考えながら首を傾《かし》ぐ。

「なるほど」

得心しては、うなずきを見せる。やがて、最後の丁を読み終わり、冊子を閉じた。すでに、出かける時を超過している。

「お出かけにならなくてよろしいので？」

ここで初めて鶴松が声をかけた。

「ええ、少しくらい遅れたってかましまへん。それよりも、こっちの方が大事でっせ。それにしても、よう思いつきはりましたなあ、こんなこと」

権左衛門の口から出るのは、感心ごとばかりである。廻船問屋の淀川屋にしてみれば、陸路での輸送手段に手を焼いていた。そこに降りかかった話である。のめり込まないわけはない。

「それでは、大旦那さんは……」

「ええ、そりゃ大いに乗り気でんがな。酒米はともかく、うちは荷車に惹《ひ》かれまんな。百台、いや二百台は欲しいと思ってます」

「にっ、二百台……」

思わず片岡が口をついた。

「ええ。江戸ばかりでなく、浪速の本店でも使わせてもらいますわ」

「二百台となると、一万六千両になりますが……?」

片岡が、遠慮がちに権左衛門の顔を覗《のぞ》き込む。

「ええ、分かっておま。安いもんやで、それくらい。それよりどうでっしゃろな、お殿はん」

「どうでっしゃろとは……?」

意味が取れず、鶴松が問うた。

「うちでも、売らしてもらわれへんやろか?」

思ってもいない、権左衛門の言葉に、鶴松と片岡の顔が再び向き合った。初めてにして、これほどの反応があるとはまったくの想定外である。鶴松は、夢ではないかと自分のほっぺたを抓《つね》ろうとしたが、さすがに自重する。

「千や二千台、すぐに捌けまっせ。その代わり、卸価格は上代の六掛けってところで如何《いかが》でしょうな?」

片岡が、すぐに頭の中で算盤を弾く。上代八十両の六掛けは、四十八両。原価二十五両として、粗利益は二十三両となる。少し、利が薄いと首を捻《ひね》った。

「そりゃ、千や二千じゃ思った利にはならしまへんやろ。その代わり、うちでは前金で払いますがな」

前金とは、発注した時点で支払いをするという条件だ。

心根を察したように、権左衛門が口にする。

「うちでは、少なくとも五千台は取り扱う……ってことで、如何でっしゃろ？」

――五千台と簡単に言うが、そんなに造れるものなのか？

物作りに疎《うと》い鶴松は、そこを懸念した。その顔色をうかがうように、権左衛門は言う。

「こういう物は、数多く造れば造るほど簡単にできるようになりまっせ。木を削ったりするのは手作業じゃなく、それを作る仕掛けの装置というものを、まずは造ればよろしいやろ。さすれば、なんぼでも荷車が造れまっせ」

木を削ったり、ほぞを作るのを機械というものがやる。

「歯車のような、あんなこと細かな物、仕掛けの装置がどうやって作るんだ？」

まったく想像が出来ず、鶴松の頭の中はクラクラとなった。

「それが工夫というもんですがな。そこに知恵を絞らにゃ、大富豪にはなれまへん。せいぜい、気張っておくれやっしゃ」

言って権左衛門が立ち上がった。

「もうそろそろ、行かなあきまへんでな。先《ま》ずは、千台造ってくれへんやろか？その前に、できたものをお見せ願えれば、ありがたいでんな。そん時またお越し願えまへんか。ほな、わてはこれで失礼しますわ。ほな、さいなら」

鶴松と片岡を客間に残し、権左衛門は祝い事へと向かった。出かけの予定より、四半刻超過している。

初めて訪ねたこの日、既に千台の注文が確保できた。四万八千両の売り上げとなる。

「思わぬことになりましたな、殿」

「ああ、まったくだ。まさか、五千台って話が出るとは思わなかったぜ」

「身共もです。それで、先もって千台……殿も、商いが上手ですな」

片岡が、満面の笑みを浮かべて言った。

権左衛門がいなくなっても、しばらく立てないでいる。大商人のど肝の太さに、鶴松が驚きを見せた。

「俺なんぞ、まだまだ小せえ」

「いや、殿だって負けたものではありませんぞ」

「いやいや、あの男がこの図のような荷車なら、俺なんぞ大八車だ。世の中学ぶことがいっぱいあって、切りがねえな。まっ、いつまでここにいてもしょうがねえ」

言って鶴松は立ち上がった。

もう二、三軒回ろうと思ったが、五千台が頭に付いて離れない。淀川屋から出ても、鶴松の足は迷った。

「殿、これからどちらを回りますか？」

片岡の問いにも答えることなく、鶴松の足は止まっている。

「そうだ、片岡……」

鶴松の顔が、片岡に向いた。

「俺はこれから出羽の国元に行く」

あと半月もしたら、参勤交代での国帰りである。そこまで待てない。

「行って、作事奉行の……なんて言ったっけ？」

「大平源内ですか？」

「ああ、そいつと会って話をする。それと、権左衛門さんに見せるため、現物を一台持ってくる。こうとなったら、屋敷に戻ろう」

出羽行きの支度をするため、鶴松と片岡は上屋敷に戻ることにした。

三

以前借りた、国元家臣本田作兵衛《ほんださくべえ》の道中鑑札を、再び使っての国帰りである。

「参勤交代では、三太郎に成り代わってもらう」

影武者の三太郎が、今後一年間国元の政務をとる。ただ、座っているだけでよい。むしろ、余計なことはするなと言い含められて三太郎が、鶴松の代わりとなる。そうすれば、鶴松は江戸と出羽を自由に行ったり来たりできる。

最初に千台の受注があったと、家老の高川と勘定奉行の山田に語ったときは、二人とも、のけぞるほどに驚きを見せた。その生産を確保するに、如何《いか》に工夫を凝らすか、大平源内と相談してくる。それが、出羽行きの主旨であった。それと、酒米の出来高を鶴松は自分の目で確かめたかった。四万俵とは、どれほどの場所が必要なのかを。そこには、片岡を随行させることにした。

二日ほど準備に費やし、鶴松と片岡が江戸を発《た》ったのは、いく分秋めいた風が吹き始めた、天保七年七月十七日。その日は、大安であった。

ほぼ底をついた伊丹家の金には手をつけず、国元への路銀は猪鹿一家から調達した。

「――お急ぎなら、早駕籠《はやかご》を雇いなさいな」

言って代貸《だいがし》の峰吉は、百両の金をポンと出してくれた。酒代も弾み、路銀に余裕をもって、二台の早駕籠を雇った。お陰で出羽の国元には、五日で着くことができた。

「殿、参勤交代にはまだ……」

城代家老の永瀬が出迎えるも、何の報せもなく急に訪れた鶴松に、驚きの顔を向ける。

「俺は国元でゆっくりしている暇はねえんでな、代わりに俺とそっくりな三太郎という奴をここに来させる。黙ってりゃ、俺と見分けがつかねえんで重宝してる」

「そんな、無茶な」

「いやご家老様、それが江戸では結構うまくやっておりますもんで。江戸城《おしろ》への月次登城《つきなみ》には、殿の影武者である三太郎が行くことになってますのでな」

片岡が、永瀬に説いた。

「それにしても、ようなされまするな」

呆《あき》れ口調で、永瀬が返した。

「ところで、殿が今日来た理由《わけ》は？　片岡殿が、先だって来たばかりですが……」

「こいつだよ」

鶴松は、自分の手行李《てごうり》の中から冊子を取り出した。

「これは……！」

冊子の題名を見て、永瀬が驚く顔を見せる。

「伊丹家の、新事業だ。来る時見たが、凄い稲穂の垂れ方だな。以前、大水の時に見た荒地が、こうも変わっているとは思わなかった。領民たちの苦労と奮起を、この目で直《じか》に見て思い知ったぜ」

　鶴松が、松越藩の領地に足を踏み入れたと同時に目を瞠《みは》った。片岡の言ったとおりだと実感した鶴松は、その時下腹に力が入る思いとなった。

「江戸で片岡から話を聞いてな、酒米をどうやって無駄なく捌くか考えた。その企てが、この冊子の中に書かれてある」

　天守がない、本殿の玄関先での立ち話である。

「こんなところではなんです。どうぞ……」

　藩主の御座の間へと、所を移した。

「大平源内という、作事奉行がいたら呼んでくれ」

　鶴松が、さっそくとばかり大平から話を聞くことにした。

「いや、大平はこの城内にはおりません」

「えっ？」

　大平源内に会えなければ、来た意味がない。一瞬鶴松の眉根が寄ったが、永瀬の次の言葉で平穏な顔に戻る。

「城内にはおりませぬが、城下にはいます。今、荷車造りの総指揮をとっておりまする」

「片岡、そこに行くぜ」

「はっ」

鶴松と片岡が立ち上がるのを、永瀬が止める。

「ちょっとお待ちを。場所がどちらかお分かりですので？」

慌てていたため、肝心なことを失念していた。こんな慌て方が、事をしくじる原因になることを、身に染みて知っている鶴松である。気持ちを落ち着かせようと、座り直した。すると、改めて永瀬が冊子をめくっている。読むのが遅いと、焦れた思いで永瀬を見やる。だが、声をかけたりはしない。

読み終えて永瀬が、静かに冊子を閉じた。顔が赤く上気しているのは、興に入っている証拠である。そして、おもむろに口にする。

「驚きましたなあ。こんなことをお考えで。荷車四百台とは……」

「四百台なんかじゃねえぜ」

永瀬の言葉を鶴松が制して言った。

「えっ、四百台じゃないと申しますと？」

「とりあえず、千台だ」

「せっ、千台……それも、とりあえずと」

驚くと同時に、永瀬の身体が後ろに傾く。転がってはならじと、後ろ手を畳に突き、かろうじて体を支えた。

「ああ。それを納めたら、次は五千台だ」

「そんなには、造れませんぞ」

「それは分かってる。そこで、これを発案した大平源内に、相談しにやって来たってわけだ」

「いくら大平源内といえど……」

「ご家老さん。無理というのは禁句だぜ」

言葉を制止されては二の句が継げない。言葉を発する代わりに、永瀬は首を小さく振った。

「一どきにそんなに造れっていうんじゃねえ。それには秘策があるんだ。片岡から説いてやってくれ」

「はっ、かしこまりました。量産するにはですな、ご家老……」

片岡が、淀川屋権左衛門が言った言葉を、漏らさずに語った。

「難しい工程の部分が簡単に作れるようになれば、事は成就したも同じだ」

鶴松が、言葉を添えた。素人《しろうと》考えだが、言葉の巧みさに長瀬が頷いて聞いている。

「なるほど、そういうことでしたか。それならば、すぐにでも大平源内に会いたいでしょうな」

得心し、永瀬が腰を浮かせた。

「それでは、参りましょうか。大平のいる所へ……」

永瀬が立ち上がると、鶴松と片岡がそれに倣《なら》った。


城の正門を出て、西に向かって五町ほど行くと、板壁だけで出来た大きな建屋があった。荷車の製作作業場である。見栄えは掘っ立て小屋と同じだが、建坪は千坪あると永瀬が説いた。

「この中で、荷車が造られています」

板壁の隅に、幅三尺の人が出入りする引き戸がある。その他に、扉らしき出入り口は見当たらない。建屋の裏は、樫《かし》や檜《ひのき》や杉など建築資材となる樹木が生い茂る山林である。建屋は山林を切り開き、そこで伐採した木材でもって建てられている。

「酒米以外にも、国を潤《うるお》す資源が豊富じゃねえか」

鶴松は、新たに国元の源力を発見する思いとなった。

「今までは、活用できなかったのですな。雑木林のままにして、まさに宝の持ち腐れとはこんなことを申すのでしょう。それを、大平源内は打ち破ったのであります」

鶴松の言葉に応じ、永瀬が出入り口の取っ手に手をかけた。

「それでは、中に……」

三尺の引き戸が開き、中に入ると意外と明るい。一丈三尺ある天井は開閉式となっている。今はその天井が大きく開き、天高く空から陽光が差し込んできている。

「どうやって、開け閉めをしますので?」

上を向きながら、片岡が訊いた。

「あとで、大平が見せてくれまする。それにしても、大したものを考えますなあ」

感心しきりに、永瀬が答えた。

天井以外にも、南側の壁には明かり取りが張り巡らされ、そこからも眩《まばゆ》い光が入ってくる。

中は、ガランとした広さだ。天井を支える支柱があるだけで、間仕切りは一切無く、建屋の中が一望に見渡せる。

木の香りが漂う中に、数えると三十人ほど、印半纏《しるしばんてん》を着込み頭に鉢巻をした職人たちが、脇目も振らずに働いている。

小屋の隅には、既に出来上がったか、荷車が五台ほど並べて置かれている。

職人の中に、一人だけ羽織袴を着込んだ侍がいる。永瀬は、その男のもとに向かった。鶴松と片岡もあとを追う。

「源内……」

永瀬が、男の背中に名の方で声をかけた。源内が振り向いたとき、鶴松は一瞬驚きの表情となった。片岡は「えっ！」と、声を発する。

「……若い」

見た目だけで判断すると、まだ二十歳《はたち》にも満たない若者である。

「――この建屋全て、大平源内が考案したものです」

と、既に永瀬から聞いている。作事奉行とあるからに、もう少し齢《とし》がいっているると思ったが、まったく違っていた。こんな逸材がいたなんてと、鶴松は喜びの感情が溢《あふ》れる思いであった。

「あっ、殿……」

源内は、鶴松の顔を知っている。だが、鶴松に源内の記憶は無い。以前来た時は、人の顔を覚えるほどの余裕はなかった。

「おめえが、大平源内か」

言葉は伝法でも、気持ちは敬っている。

「俺たちは、あんたに会いに来た。話を聞いちゃくれねえかい？」

「はい、もちろんです。ですが、半刻ほどお待ち願えますか？　今、大事な工程を見てますので」

「もちろん、いいぜ。その工程ってのを、俺たちも見てていいか？」

「ええ、どうぞどうぞ」

言って源内の顔が、作業をしている職人に向いた。車輪と車輪を絡《から》ませる、歯車を組み合わせているところであった。

「その歯車と歯車の間に、一厘《いちりん》のかませを入れると丁度いい幅になりますよ」

職人たちに指示をする源内に、鶴松は細目を向けている。荷車五千台も、簡単にできるのではないかと頭をよぎったからだ。

四

半刻は、あっという間であった。

鶴松は、固唾《かたず》を呑《の》んで作業工程を見やっていた。車輪と車輪がくっつき、車軸に、大小いくつもの歯車が嚙《か》み合わさっている。全ては、木を削って作られたものである。

「これが、前輪です。後輪は、もう少し違った形になりますが、工程は同じです」

言って源内は、体を別の場所に移す。鶴松たち三人は後ろに従う。

「これが、前輪と後輪を繋《つな》げたものです」

前輪と後輪が、太い軸で繋がっている。軸の中ほどにも仕掛けが施され、いくつか歯車が組み合わされ、車軸が回転するようになっている。

「これが嚙み合うことによって、前輪の力が後輪に伝わり、四つの車輪が駆動するのです。それと、大きな特長として、前の車輪が左右に動き、四辻も容易に曲がることが出来ます。これまで、四輪の大八車が作られたらしいですが、角を曲がるのに難があり、その技術が克服できず、いつの間にか無くなっていると、ものの本に書かれてありました」

車体と荷台は別々に作られ、それほどの重量に耐えられる工夫が施されている。

「重さに耐えるために、板製の発条《ばね》を間に咬《か》ませます。発条とは、西洋の言葉で『スプリング』とか申すそうです。これを車体本体と荷台の間に挟むことにより、重さが吸収されかなりの重量を積むことができます。動く時の衝撃も少なくなり、西洋ではこれをサスションペン……いえ『サスペンション』というそうです」

西洋の言葉を織り交ぜられ、仕組みを説かれても、素人にはまったく理解が不能である。「ああ、そうかい」としか、返事のしようがない。

「殿、ちょっと押してみてください」

見た目だけだと、相当な重さを感じる。源内に言われ、鶴松は繋ぎ合った車輪を押した。

「えっ！」

転がるようなあまりの軽さに、鶴松は驚きの声を漏らした。片手でも、簡単に動かせる。

「ただ、転がすだけなら簡単ですが、それだけですと危ないので、これに制御装置を付けて、坂道も楽に上り下りができ、速度も調節できる工夫を取り入れてます」

源内は、さらに難しい蘊蓄《うんちく》を説いたが、聞いてる方は首が傾ぐばかりである。

「分からなければ、結構です。そうすることにより、千貫、米俵六十俵を載せても、少人数で動かすことができます。馬なら一頭でも牽けますが、二頭なら充分お釣りがきます」

このことは、図面にも描かれてある。

木を削る者、荷台を作る者、部材を組み合わせる者などなど、それぞれの工程に鶴松たちは目を凝らす。やがて日は西に傾き、建屋の中はいく分暗さが増してきた。それで、この日の作業は終わりである。

木の伐採と、部材となる製材は別の場所で行っている。そこには、百名からの木挽き職人たちが働いている。総勢百三十人がかかっても、一日二台がやっとのことだ。いくら優れものでも、生産性に難点がある。

「人ばかり増やしても、邪魔になるばかりだし……」

源内にとっても、そこが悩みの種である。城に戻って、その話をしようということになった。

その日の作業が終了し、天井が閉められる。閉めると真っ暗になるので、その前に、百目蠟燭《ひゃくめろうそく》に数本灯《ひ》が点《とも》された。

「火事に気を使い、雨の日以外は蠟燭はなるべく点しません」

木材ばかりなので、火の管理も怠らないと、源内が言った。鶴松にとっては、耳の痛い話だ。

――屋根の開け閉めは、どうやってやるんだ？

作業場に来て、鶴松がずっと思っていた疑問である。すると、建屋の隅に、鎖が垂れている。職人の一人がそれに近づき、鎖を手繰《たぐ》った。カラカラと音を立てながら、天井板が閉まっていく。やがてカツンと音がして、天井がピタリと嵌《はま》った。そして、板壁の明かり取りの窓も閉められる。これは連動式になっていて、一箇所の閂《かんぬき》を動かすことにより開閉できるようになっている。パタパタパタと連動した音を発して明かり取りが閉まっていく。これにも創意工夫が凝らされ、たった一人の手際は、まるで手妻《てづま》を見ているかのようだ。

さして間もなく窓が全て閉まり、建屋は大きな箱となった。鶴松には、まだ一つ疑問が残っていた。

「どうやって、荷車をここから出すんだ？」

「それをやっていたら夜になってしまいますので、明日お目にかけまする」

「分かったぜ」

明日の楽しみが増えたと、鶴松は大きくうなずきを見せた。

長旅の疲れも見せず、城に戻ると鶴松は大平源内と向き合った。

永瀬と片岡も座に加わる。

まずは、源内の仕事振りを賞賛した。そして、すぐさま本題に入る。

「てえへんなものを見せてもらったぜ」

「ところで、永瀬から荷車の図面をもらってな、こんなものを作った。片岡……」

片岡が、事業劃策の冊子を源内の膝元に差し出した。

「……これは？」

「ああ。酒米と荷車を売るための劃策が書かれてある。ちょっと、手にして読んでみな」

鶴松に促され、源内が冊子を手にした。そして、パラパラと冊子をめくった。

荷車の図面を開いたところで、源内の手が止まった。その一瞬、源内の眉間に縦皺が寄り、不安げな表情となった。だが、顰めた顔はすぐに戻り、上機嫌の鶴松にそれが気づいたかどうか、表情からはうかがい知れない。

一通り丁を飛ばすと、源内は改めて初めから読み直す。今度は、時をかけて読み進める。荷車の図面を再度見ても、表情が変わることはない。四半刻ほどかけて源内は冊子を読み終えた。

「なるほど、よく出来た劃策書であります。それで、殿は……？」

「ただ、酒米を江戸に運ぶための荷車ではもったいねえ。これを望む商人はかなりいると思ってな、江戸でも一、二を争う廻船問屋の主《あるじ》に話をしてみた。するとな、その店でこの荷車を扱いたいと言うのだ。五千台造れないかと、話を持ち出された」

「五千台……もですか？」

実際の齢は二十二になるが、童顔で二十歳以下に見える。その若い顔が驚きを見せた。

「ああ、五千台だ。とりあえずは、千台だけど。それだけ造らないと、商売としての旨みが無いと言うんだな」

さすがに大平源内といえど、ここは大きく首を振る。

「それは……」

「無理だと言いてえのは、充分に承知してる。そこで江戸から相談しに来たってわけだ。今日、あんたが凝らした建屋の仕掛けを見てな、あんただったら出来ると確信した」

鶴松と源内のやり取りを、片岡は黙って聞いている。そこに、鶴松の声がかかる。

「量産できる策を、片岡から説いてくれ」

「はっ。量産する策と申しますのは……」

先刻、家老の永瀬に語った内容を、源内に聞かせた。源内は、表情一つ動かさずに聞いている。

「……という具合にやれば、量産は可能ではないかと」

片岡が語り終えても、源内の言葉は、すぐにない。視線を下方に向け、考えている。思考を妨げないようにと、鶴松は声をかけるのを自重した。しばらく間が開き、ようやく源内の口が開いた。

「量産する仕掛けを造るというのは、かなり難しいかと思われます。それを造るだけでも数年を要するでしょう。それを造らずとも、量産するに一つだけ手立てがあります。しかし、それでも一年で千台がいいところ」

一日三台ならば、可能だという。

初請けした台数は、千台である。それの納期に一年ほどかかる。果たして、淀川屋権左衛門がそれを許してくれるかどうか、不安な要素である。

鶴松の顔が、渋みを持った。そこに、

「しかし……」

源内が、顰める顔で語り出す。

「うまくいくっての話です」

「うまくいくってのは、一つだけある手立てってことか？」

「左様です。それが出来なければ、量産は叶《かな》いません」

鶴松の問いに、源内ははっきりとした口調で返した。

「その手立てってのは……？」

事業を成立させるため、最も肝心な問いになると、鶴松は体を前のめりにさせて訊いた。

「荷車一台を造るのに、約三十個の歯車がいります。歯車はそれぞれ大きさが違えば、形も異なります。歯車の素材は、硬い樫の木を削って作ります。それは精密な物で、一つ一つ丁寧に削り、磨いて作らなくてはなりません」

長い話になりそうだが、鶴松たちは黙って先を聞いている。

「この歯車を作るのに、一番時を要し、手間がかかります。身共は今、そのことを考えていました。その歯車だけでも量産が叶えば、なんとかなるかと」

「それで、なんとかなりそうか？」

「それを今、考えております」

さすがの源内でも、すぐには思いつくものではない。

何とかなっても、一年で千台しか造れない。その粗利益が、二万三千両。いろいろ経費、雑費を差し引くと残るのは五千両ほどだと、鶴松は頭の中で勘定を立てた。

「……あんまり旨みがねえな」

鶴松の呟きは、源内の耳には届いていない。

「でも、これさえ出来れば、この国の荷車は全て取って代わるでしょう。これに目を付けた殿は、やはりお目が高い」

「世辞はいいや。源内に、ちょっと言い辛《づれ》えことがある」

「言い辛いことって？」

源内の眉間に、深い縦皺が一本刻まれた。

「一年で千台ってのは、ちょっと少ねえかもしれねえ。出来れば、も少し造れねえかな」

「も少しと言いますと……？」

「そうだなあ、一日六台。一年で、二千台」

鶴松が、遠慮がちに口にした。

「それじゃ、倍じゃないですか！」

驚きと同時に、利発そうな顔が呆《ほう》けた表情となった。

「とてもじゃないですけど、無理……」

「無理は承知だ」

鶴松は、無理という言葉は嫌いである。それを口にする前に、手立てを考える。

そうすると、必ず良策にぶち当たると信じている。

「はぁー」と、大きなため息が、源内の口から漏れた。

いずれにせよ、今すぐに思いつくというものではない。

頭を休ませることも必要だ。

「そうだ、夕飯がまだでしたな。急いで支度させましょう」

家老の永瀬が立ち上がり、部屋から出ていくと、すぐに戻ってきた。

「今、こちらに膳を運ばせます。もうしばらくお待ちを……」

その間も、源内は目を瞑って考えている。そこへ、

「ご膳をお持ちしました」

襖《ふすま》の外から、腰元の声がした。

「入れ」

永瀬が声を飛ばすと襖が開き、六人の腰元たちの手により、夕食の膳が運ばれてきた。主食と汁物が載った膳と、鮎《あゆ》の塩焼きや鮒《ふな》の甘露煮など、最上川で獲れた川魚料理の載った二の膳が銘々の膝元に置かれた。そして、一番あとに茶を点《た》てるための、熱湯が沸かされた湯釜が運ばれてきた。

源内の目が、湯釜に向いている。

「……もしや？」

口から、小さな呟きが漏れた。

五

この時源内の頭の中は、盛岡《もりおか》藩に向いていた。

「……ここの鋳物《いもの》の技法を取り入れれば」

ご膳には箸をつけず、呟いている。

「どうしたい、食わねえのか？」

鶴松が、源内の様子を見て声をかけた。

「殿……」

「どうした？」

「明日、盛岡に行きませんか？」

「なんだと！　盛岡がどうした？」

「そこにある、湯釜です。盛岡藩は、その生産地として有名なのはご存じで？」

「ああ、聞いたことがある。歯車とそれが、どこに関わりがある」

まったく形状が異なる物で、すぐには頭の中で想像ができない。同じ膳を前にする家老の永瀬も江戸留守居役の片岡も、理解が出来ずに食事の手が止まっている。すると源内は立ち上がり、刀架に置かれた大刀を手にした。そして、鞘《さや》から刀を抜いた。

「何をする！　血迷ったか源内」

永瀬が立ち上がり、鶴松を防御するように、源内の前に立ち塞がった。

「ご家老、何を勘違いなされて。身共は、この刃を見せたかっただけです」

大刀を翳《かざ》しながら、源内が語る。

「この刀の刃も、そこにある湯釜も同じ鐵《てつ》から作られてます。製造の工程はまったく違いますが、素材は同じような物です。鐵は溶かして作るので、作り方によってこれほど形が違った物になります」

分かりやすい説明であった。

「分かったぜ。なるほどな！」

ここまで語られれば、どんなに鈍感な者でも理解はできる。

「盛岡藩は、盛岡から海沿いの釜石《かまいし》というところまで、質の良い鉄鉱石や砂鉄が採取出来る山が連なります……嗚呼《ああ》、どうしてここに今まで気づかなかった。俺って、本当に馬鹿だ」

源内が、急に自分を卑下した。

「そんなことはねえよ。あんたが馬鹿なら、ここにいる俺たちは、馬鹿が十個重なっているようなもんだ」

鶴松の戯言《ざれごと》に、場が和みを持った。こうなれば、もう誰もが得心している。

「その、鐵ってのを溶かして、歯車を作るってのだな」

「はい。量産ができるし、それが一番早いかと」

南部盛岡まで行って、鐵の調達とその製造技術も仕入れてこようとするのが、源内の考えであった。

歯車の型は、既に木を削ってできている。鋳物で型を作り、そこに溶かした鐵を流し込めば、種類ごとに量産ができる。しかも、遥《はる》かに木製よりも丈夫であると、源内は熱っぽく語った。

問題があるとすれば、原料の鐵と技法が上手く手に入れられるか。お願いしますと言っただけでは、首を縦には振ってくれそうもない。それには、それ相応の見返りというのが必要となってくる。そうなると、生産原価が跳ね上がる。一台八十両では、売れそうも無くなる。だが、大きな光明であるのは確かだ。

「……それだけのものが、この藩にあるのか？」

疑問が呟きとなって、鶴松の口をついた。

「いや、それを上手く取り計らうのが、俺の役目だ。できねえなんて、言えねえぜ」

独り言のように、鶴松が口にした。


思い立てば、動きが速い。翌朝早くから、盛岡藩の城下に向かう準備となった。

まずは、荷車の作業場へと向かう。盛岡へは、荷車を動かすことにした。

「初めての遠出ですので……」

源内が、不安げに口にする。試乗はするも、近在をいくらか回っただけにすぎない。

既に出来上がった荷車を、作業場の中から出す。昨日、鶴松が抱いていた疑問であった。

四方が板壁で出来た建屋である。

「ちょっと外で待っててください」

言って、源内は一人、引き戸の出入り口から中に入った。外で待っていると、ガラガラと音を立て、東に向いた板壁が、幅四間に亘《わた》り、巻き上がるように持ち上がっていく。商店の、大戸が開閉する原理で、それが大掛かりになったものだ。

源内が、中から出来上がった荷車を牽いて出てきた。やがて、蹄《ひづめ》の音が聞こえ、家老の永瀬が馬に跨ってやって来た。その馬に、荷車を牽かせるという。

荷台は幅七尺、奥行き十尺、高さ三尺の箱状である。その三方が開閉の出来る『あおり』となっている。差し渡し一尺三寸、幅二尺三寸の米俵が、三段にして六十俵積める形で作られている。

馬と荷車を結び、座台に座って手綱を取る。座台は車幅一杯に取られ、二人が並んで座ることが出来る。盛岡には、鶴松と源内の二人で行くことにした。

源内が手綱を取り、隣に鶴松が座る。永瀬と片岡は、荷台に乗った。

ここで、源内がまたも荷車の蘊蓄を説く。

「ここに、棒が有ります。これを、制御棒と呼びましょう」

源内が座る脇に棒が一本立っている。

「この棒が立っていると、車はびくとも動きません。動き始めは、これを直角に倒します」

　よく見ると制御棒の横に『壱』『弐』『参』と、文字が書いてある。

「壱まで棒を倒すと、車は軽く動き出します。少し速度が上がったら、弐まで持ち上げます。すると、速度を増すことができます。そして、参まで棒を上げれば、あとは快適に動きます。ここで注意をしなくてはならないのは、動いているときに、絶対に棒を垂直に上げないことです。壊れますから」

「難しそうだな」

「いいえ、四半刻もすれば、誰でも慣れてきます。殿もあとで、扱ってみますか」

「ああ。少し、習っておいたほうがいいな」

「いい場所が有ったら、席を替わりましょう。さてと、行きますか」

　言って源内が軽く手綱を操ると、馬がゆっくりと歩き出した。何も牽いていないかのように、馬の足取りが軽やかだ。途中城に寄り、永瀬と片岡は降りた。その荷台に、六十俵の米を積む。盛岡藩への手土産である。ここで馬を一頭加え、二頭牽きにする。

ズンと荷台が重みで沈むも、車台までは重さが伝わらない。四方に咬ませられた板製の発条が、重さを吸収する。そればかりでなく、凸凹《でこぼこ》道でも振動を抑え、揺れも少なく乗り心地のよさに鶴松は感心する。全ては、源内の工夫であった。

「それじゃ、行ってくるぜ」

見送る家臣に、鶴松が声をかける。源内は棒を壱まで倒すと、荷車は静かに動き出した。

盛岡までは、およそ三十五里の旅である。

出羽から横手《よこて》回りだと、近道だがほとんどが山道である。源内は東に向かい、尾花沢《おばなざわ》から陸奥《むつ》に入り、古川《ふるかわ》から北に道を取ることにした。山間の盆地で、平坦《へいたん》な道がつづき、道幅も広い。

ここで、鶴松と源内が席を替わる。難しいのは、制御棒の扱いである。それも、源内が言った通り、四半刻も走れば慣れてきた。

「殿は、筋がよろしいですな」

「褒められることでもねえよ」

源内の世辞を、鶴松は軽くいなした。

奥州一関《いちのせき》藩を通り越し、平泉《ひらいずみ》を通り、花巻《はなまき》を過ぎれば南部盛岡藩の城下である。

半刻で五里進める。だが、馬に無理はさせられないと、盛岡までは二日かけて行くことにした。

途中、一関城下の旅籠《はたご》で、一泊する。源内の、日ごろの労を労《ねぎら》うため、城下でも一番を競う宿に泊まることにした。

城下に入るとまず目についたのは、よろよろと、力なくうろつく領民たちの姿であった。

「腹が減ってるのか？」

「そうみたいですね。そういえば、このあたりは今年、かなり米が不作だったと聞いてます」

鶴松の問いに、手綱を引きながら源内が答えた。松越藩の、春に起きた水害での惨状を思い出す。

荷車が積んでいるのは米俵と知ってか、民衆の視線が痛いほどに刺さってくる。

「目を合わすな」

襲われる危険さえ感じると、鶴松は源内に注意を促した。

荷車を、そのへんには置いておけない。宿場の博労《ばくろう》で、馬の世話と荷車を預かってもらおうと、博労を探すことにした。大きな宿場や、城下町なら博労の一軒や二軒はある。ゆっくりと馬を走らせ、鶴松と源内は首を右左に振りながら博労の看板を探した。すると、後ろが騒がしい。

「源内……」

鶴松が振り向きながら、手綱を取る源内に声をかけた。男たち三十人ほどが、荷車の後ろについて来る。積んである米が目当てなのは明白である。鍬《くわ》や鋤《すき》を得物にして、襲ってくる殺気が感じられる。

前からも、徒党を組んで人が近づいてくる。先には進めないと、源内は馬を止めた。

と同時に、荷台が激しく揺れた。

盗賊ではない。普段は大人しい領民たちだが、余程の食料難に背に腹を代えられないのだと。このままでは、荷車が壊される。それだけでも防ごうと、鶴松は荷台に乗り移ると、米俵の上に立った。

二方のあおりが壊され、そこから男たちが上ってくる。

「ちょっと待て。米なら全部あげるから、持っていけ。その代わり、この荷車は壊さないでくれ。俺たちは用があって、盛岡に行くところだ」

鶴松の、大声での説得に、民衆はいく分静けさを取り戻した。これ以上の手荒な真似はされないだろうと、鶴松は座台に戻った。

「俺たちの、命の方が大事だ」

「左様で……」

鶴松の言葉に、源内が大きくうなずいた。じっと腰掛けている間にも、車体が浮き上がっていくのを感じる。やがて、静かになったところで、鶴松は荷台を見た。

「二俵だけ残してあるぜ。壊された柵《さく》も、荷台に置いてある」

「身包《みぐる》み剝《は》がさないのが、盗賊と違うところですね」

「ああ、まったくだ。ただ、抵抗してたら俺たちは殺《や》られてたな」

「はい。それほどの殺気が伝わってきました。本当に恐ろしかったです」

ほっと胸をなで下ろし、源内が荷車を動かす。前方に立ち塞がっていた民衆が、左右に分かれて道を空ける。

「このへんに、馬と荷車を預かってくれる博労はないか？」

鶴松が、民衆に向けて訊いた。

「この先、一町ほど行ったところにありまさあ」

物静かな口調で、その中の一人が教えてくれた。


二俵の米を積んだ荷車を博労に預け、鶴松と源内は歩いて旅籠に向かった。二町ほど先に、一般の旅人でも泊まれる脇本陣があると、博労の親方から聞いている。

脇本陣の『岩田屋《いわたや》』と書かれた看板が下りる旅籠の前に立つ。

「ここだな」

暖簾《のれん》を潜《くぐ》ると、誰も迎えに出る者はいない。

「ごめん！」

鶴松が、奥に向けて大声を放った。

「いらっしゃいませ……」

蚊が鳴くかのような、弱々しい声が聞こえると、柱の陰から老婆が、青い顔をして出てきた。客をもてなすには、かなりな年寄りに見える。

「あたしは仲居頭のふくと言うだ。こう見えても、まだ三十を少し過ぎたばかりだ。ここのところ、何も食ってねえで、痩せて皺だらけになっちまった。ところでお客さんがた、お泊まりで……？」

頬がげっそりと落ち、痩せ衰えた姿に幽霊かと見紛《みまが》い、源内は怯《おび》える表情を見せている。

宿の構えは立派であるが、奉公人にまったく覇気が無い。すると、仲居が異なことを言う。

「食べる物が、何もありませんが……」

脇本陣ともあろうところが、食事の世話が出来ないと言う。聞けば、旅籠の奉公人は皆、この三日の間水以外に何も口にしていないと言う。

奥羽《おうう》山脈の東側は、夏の日照りと冷害が交互に襲い、まったく作物が採れず、領民は飢えで苦しんでいるのが現状だと、仲居が涙ながらに説いた。そのことは、教えられなくてもすでに体験済みである。

「お米が一粒も無く……」

かろうじて立っていた力も萎《な》えて、仲居はその場にへたり込んだ。

「おい、しっかりしろ」

鶴松は、食い残していた握り飯を仲居に与えた。それをむしゃぶり喰らう仲居の姿に、鶴松は民衆の殺気を思い出した。

奥州一関から南部盛岡にかけて、その年は未曾有《みぞう》の飢餓状態にあった。

「松越藩は、豊年満作だというのに……」

平野が少なく、農作物を作るに適さない領地は、代わりに鐵器や鋳物などの産物で生計をなしてきた。その産業は時に潤いをもたらすものの、一たび天候不順に見舞われると、たちまち悲惨な憂き目に遭う。

出羽の松越藩も、一つ間違えれば同じ運命を辿る。つい半年前までは、松越藩の領民も飢えに苦しんでいた。そこに、水害という天災が襲い、それが逆に領民の奮起を促した。そして新田を開拓し、この秋には六万俵の、酒米の収穫が見込まれる。出羽と陸奥で隣り合いながら、極楽と地獄の差が生じていた。

――酒米。

鶴松の頭の中に、ふと過《よぎ》った。

「残された二俵、宿に持って来るか？　たった二俵、盛岡藩に持ってってもしょうがあるめえ？」

源内に訊くと、大きくうなずきがあった。意見が合致し、二人は二町の道を戻ろうと、旅籠の土間で踵《きびす》を返した。博労から大八車を借りて、米を運ぼうとの算段であった。

夕七ツを過ぎたばかりで、外はまだ明るい。だが、町中はひっそりとして、人影がまったく無い。

「さっきの群集は、いったいどこに行った？」

鶴松は、夢でも見ていたような錯覚にとらわれた。すると、鶴松の足が止まった。

「……たった二俵じゃ、焼け石に水だな」

鶴松の呟きに、源内が反応する。

「あの二俵、やはり盛岡藩に持っていきませんか？　米を運んだという証がないと、言い訳もできませんから。それと、殿。あれは米ではなく歯車とお考えください。今、あの米を宿にあげても、いっとき腹は膨れるでしょう。だが、その先は何もありません。ならば……」

「源内、その先は言わなくても分かってる。米が満作だって、荷車が無くて運べなければ、なんにもならねえ」

「はい。あの米だって、ようやく調達したもの。新米はまだ、収穫前ですから」

新米の収穫は、まだ一月先である。松越藩の米蔵も底が見え、潤沢ではない。その米を有意義に使おうと、そんな思いで持ってきた。それが、二俵を残して剝奪された。その二俵さえも失えば、盛岡藩との折衝が難しくなる。

今は宿の人には、泣いてもらう以外にない。目先よりも、ちょっと先を見据えろとは、鶴松がよく口にする言葉だ。

「仕方ねえ、そうするか」

鶴松は、断腸の思いで言った。

「身共も、そのほうが良いと思います。中途半端な情けは、むしろ先の悲惨さを助長するようなもの。余計な事をせずに、ここは我慢が肝要かと」

やはり並の頭ではないと、鶴松は敬う目をして、改めて源内を見やった。

博労に向かうことなく、宿へと引き返す。

一晩くらい、空腹でもどうということない。鶴松は、そんな鍛錬ができている。源内も、水害の時に空腹は経験済みだ。

鶴松たちは、食事の無い素泊まりとなった。

「いろいろと、考えさせられるな」

「まったくです」

口を利いたら腹が減る。この夜、話も弾まず、鶴松と源内は疲れもあって床を早くした。

翌朝、明六ツ《あけ》を出立の刻として、宿をあとにする。

二町ほど離れた所に、博労の宿がある。預けた馬と荷車を引き取り、盛岡へと向かう段取りである。

博労の宿の、大戸が閉まっている。

「ずいぶんと、朝が遅えな」

この手の宿の朝は早い。明六ツともなれば、活気だっているはずだ。おかしいと思いながら、鶴松は大戸を叩いた。だが、中から返事が無い。鶴松は焦りも手伝い、さらに叩く拳に力を注いだ。

「ちょっとお待ちを……」

すると、中から声が聞こえ、鶴松は戸を叩くのを止めた。

「あっ、お侍様……」

切り戸を開けて出てきたのは、昨日鶴松と相対した、五十がらみの番頭であった。この男の、顔色も冴《さ》えない。話を聞くまでもなく、何か事があったと知れる。

「預けてあった馬と荷車を……」

「それが」

と、鶴松を制したまま番頭の口が閉じた。

「何かあったんかい？」

「実は、申しわけ無いことに……こちらに、お越しください」

言って番頭は外に出ると、別棟である厩舎《うまや》に鶴松たちを案内した。出入り口の錠前を解けば、町木戸のように開く。

「あっ！」

厩舎に入り荷台を見た瞬間、声を出したのは源内であった。

残っていた、米二俵すら荷台から消えている。

「昨夜、賊が押し入りまして荷車に積んであった米を……」

米欲しさに、賊が押し入ったと言う。

「五人ほどが徒党を組んで、どうすることも出来ず……」

番頭が、苦しい言い訳をする。だが、厩屋の錠前は壊されていない。本当に盗賊に襲われたか不明だが、鶴松が問うことはなかった。

「分かったよ。それで、預かり代はいくらだ？」

「いえ、手前どもの落ち度。とてもお代はいただけません」

せめてもの罪滅ぼしだと、鶴松は取った。

幸いにも、馬二頭と車体は無事である。だが、結局、盛岡藩に持参する米は全て無くなった。

誰が悪いとは、鶴松は口にしない。むしろ、気配りが足りなかったと、鶴松は自分を責めた。

空になった荷車に乗り、鶴松と源内はそのまま北に道を取り、盛岡へと向かった。

「ところで殿、盛岡への土産は……？」

馬の手綱を取りながら、源内が問うた。

「江戸に持っていく米を、盛岡藩に運ぶことにする。そう決めたのが、俺からの土産だ」

「なるほど！」

一言返し、源内は手綱をしごいた。すると、軽くなった荷車が速さを増した。

六

北上川《きたかみがわ》と中津川《なかつがわ》が合流した丘陵に、盛岡城がある。

本丸の天守台には、三階櫓《やぐら》が載るも天守とはみなされていない。

時の盛岡藩藩主は、十二代目の南部信濃守利済《しなののかみとしただ》であった。官位は従四位下《じゅしいげ》で、従五位下の鶴松よりも上位である。齢も、四十歳前後と鶴松よりも一回り以上年上である。

そんな下調べをして、鶴松は南部利済と謁見するつもりであった。その手土産として持参した酒米の六十俵が、一関の領民たちに略奪された。この盛岡も冷害、日照りの天候不順に見舞われ、作物は大凶作つづきであった。今にも一揆《いっき》が起こりかねない、盛岡城下は不穏な空気に包まれていた。

手土産が何もなく、すんなりと藩主が会ってくれるかと一抹の不安を感じたが、ここまで来て引き返すわけにもいかない。

「ここは思いっきり、ぶち当たるしかねえな」

そうこうするうちに盛岡城に着き、荷車が門前に横付けされた。壊れた荷台の馬車を、門番が二人、訝しげな顔をして見ている。

鶴松が荷車から降り、門番の一人に近づく。

「何か、ご用か？」

食が足りぬか、この門番も頬がげっそりと窪《くぼ》んでいる。力ない声音で、鶴松に問うた。

「ご当主の、南部利済様に目通り願いたい」

「殿に会いたいだと？」

鶴松の姿は、旅の装束を着た下級武士である。真っ向から目通りを願い出ても、すんなりとは通してくれそうもない。

「それは、できんの。お帰りくだされ」

門前払いは、鶴松も想定の内だ。

「拙者が誰かと、訊かんでもいいのか？」

「聞くまでもない。さっさと、お帰りなされ」

言って門番は、手に持つ六尺の寄り棒でトンと石畳を叩いた。大人しく立ち去らないと、強硬手段に出るとの意思表示である。

問答無用と、頑《かたく》なな門番をどう納得させるか。鶴松の頭の中は、この一点に絞られた。

「俺は、出羽松越藩の城主伊丹長宗だ」

まずは、素性から入った。だが、門番の首は大きく傾ぐだけだ。「嘘を申せ」

と、まったく取り合わない。

「嘘ではない。ならば、これだけでも利済様に伝えてもらいたい。せっかく、出羽の松越から来たのだ。それくらいしてもらってもよかろう?」

すると門番は、もう一人のところに近づき相談をかけている。

「……ああ申しているが、いかがかなご同輩?」

「話だけでも、聞いてやったらどうだ?」

そんなやり取りが聞こえ、門番が戻ってきた。

「何を殿に伝えたい?」

「米一万俵お分けしたい。とだけ伝えてくれ」

「何っ、米一万俵だと?」

門番の驚く声が、もう一人の門番に伝わる。

「拙者が行ってくる」

もう一人の門番が、言うと同時に脇門を開き、城内へと駆け込んでいった。

「……米一俵でも、動いたかもしれねえな」

それほど素早い、門番の動きであった。食い物に、どれほど飢えているか、改めて思い知らされる鶴松であった。

しばらくして、脇門から出てきたのは、裃《かみしも》を纏った家臣であった。四十を越えていそうなところに、重鎮の貫禄がうかがえる。伊丹家でいえば、番頭で勘定奉行を兼ねた、山田の位置といったところか。名までは、名乗ってもらえない。

「貴殿、誠に松越藩の伊丹様でござるか？」

信じられないのは、無理からぬことだ。だが、鶴松には、それを立証する術が無い。せめて、米の二俵があればと思うが、無いものは仕方ない。別の証を示す以外にない。

「誠としか、言いようが無い。それで、利済様は……？」

「米一万俵と聞いたが、まだ伝えてはおらん」

やはり、すんなりとは行かないものだ。鶴松は、ここで一策を案じる。

「あの荷車を見てくれ」

言って鶴松は、荷車に目を向けた。馬の手綱を取る、源内の顔が向いている。

「あの荷車が、どうなされたと？」

「あの荷車に、六十俵の米を積んできた。だが、途中一泊している間に、盗まれてしまった。飢えに苦しむ連中がやったことだ、怨《うら》む気にもなれん。だが、こちらへの手土産が無くなってしまった」

すると、思わぬ言葉が重鎮らしき家臣から返る。

「誠に、あの荷車に六十俵も積んだのか？」

「ああ。一段二十俵で、三段積める。松越で採れた酒米を、六十俵手土産にしてきたのだが……」

鶴松が語る最中に、重鎮は動き、荷車に近づいていった。

壊された荷台には、米俵の藁《わら》くずが床面一杯に散らばっている。その中に、俵からこぼれた米粒がいくつか混じっていた。

「……誠のようだな」

一言呟き、そして荷台の下をのぞいて見ている。

「この荷車は……？」

重鎮は体を起こすと、荷台に乗る源内に声をかけた。

「身共が造りました。この国に、これほどの荷車は他に有りません」

「馬二頭で、六十俵も……出羽の松越から」

を見せた。

「はい。一関まで、楽なものでした」

「一関で、米を盗まれたのか？」

鶴松は、地名までは告げてなかった。

「はい。一関で一泊し、博労に馬と荷車を預けておいたのですが……」

昼間に民衆が襲ったとは、言葉を伏せた。源内の話に、重鎮は大きなうなずきを見せた。

「拙者、南部家で番頭を務める、室田鹿之助《むろたしかのすけ》と申す」

自ら、名を名乗った。やはり、南部家の重鎮を担う男であった。

「ということは……？」

鶴松が、室田の背中に声をかけた。

「門を開けい」

門番に向けての命令が、室田の答であった。

客間に通され、南部利済との対面である。

利済の斜め前には番頭の室田が控え、向い合って、鶴松と並んで源内が座っている。

「ここに座れ」

源内は、後ろに控えようとしたが、鶴松が横に座らせた。

鶴松は、南部利済との面識はない。

「ご無沙汰しておるの。三月《みつき》ぶりであるか……」

だが、利済から最初に出た言葉に、鶴松は戸惑いを感じた。

「はあ……」

事情《わけ》が分からず、鶴松の生返事である。

「おや、少し太ったでござるか？」

この問いで、鶴松は思い当たる節があった。

千代田城への月次登城は、鶴松に成り代わり、三太郎を行かしている。おそらく、千代田城の詰め所かどこかで、会っていたのだろう。だが、鶴松は二人の間でどんな会話がなされたか分からない。それと、どれほど深く関わっていたのか。

——こうとなれば、三太郎に訊いておくのだった。

まさか盛岡まで来て、こんな展開になろうとは、江戸にいたときは思いもしなかった。

「さもあろう、松越藩は、豊作と聞いておるからの。食う物があって、羨《うらや》ましい限りだ。ところで、余は、二月《ふたつき》前に国に戻ってきたが、伊丹殿の国帰りは八月と聞いておったが……」

今は、七月の下旬である。

――三太郎、余計なことを……。

と思っても、三太郎には罪が無い。

「はあ、国でちょっと難儀が有りまして、早めの交代を願い出たわけでして」

「左様だったか。ご苦労でござったな。おや、少し声が変わっておるが、如何かなされたか？」

「はあ、先だって風邪をひき、のどがまだ……」

こんな答で得心するかどうか、鶴松は薄氷を踏む思いであった。肩に力が入り、強張《こわば》りを感じる。

「それは、気をつけんといかんですの。夏風邪は、こじらすと重くなるといいますからな」

利済が、本当に得心しているかどうかは、その表情からはうかがい知れない。

「ところで、米一万俵と室田が言っておったが、それは誠であろうか？」

話が本題に入り、鶴松は内心ほっとし、肩の力が抜けた。

「誠です。ですが、それには……」

「条件があるってのは分かっておる。忌憚《きたん》の無いところを申してくれ」

すぐに、盛岡藩主は話に乗ってきた。どんな条件を持ち出されるよりも、食料の方が大事と、言葉の中に切羽詰まった心情がうかがえる。

「でしたら……源内、おまえから話せ」

「かしこまりました」

これから先は、専門分野となる。

「南部様の主要産物である、鐵器を当藩にお譲り願いとう存じます」

源内が、結論から切り出した。

「ほう、鐵器とな。それは、当藩の売り物だから、譲ってやらぬこともないが。

米一万俵分の茶釜や鐵鍋を、いったい何に使われる？」

鐵の用途までは、室田にもまだ伝えていない。荷車を、見せているだけである。

「いえ。茶釜とかではなく、鐵鋳造の工程をご伝授いただき、産出した鐵鉱石の原料が欲しいのであります」

「なんと。それを譲ったら、我が藩は何も無くなるぞ。それは、出来ぬ相談だな」

南部利済が、大きく首を振る。

「いえ、何も南部様の商いの邪魔をするつもりは毛頭ございません。実は、そちらにおられる室田様には、既にお見せしてございます」

源内の顔が、室田に向いた。室田が、怪訝そうな表情を返す。

「室田様にお見せしてある荷車の一部分に、鐵を使用したいと存じます」

源内の語りに、利済の顔が室田に向いた。

「いったい何の話だ、室田?」

「はっ、伊丹様は米六十俵を、荷車に積んで……」

室田の口から、経緯《いきさつ》が語られた。米六十俵が、一関で搾取された件《くだり》を聞いて、利済は苦渋の表情となった。

「米は残念なことになりましたが、荷車は優れた物でして……」

「どこにある、その荷車は？」

「正門のすぐ裏に……」

室田の返事と同時に、利済が立ち上がった。

――これならば、話は早いかもしれねえ。

意外と動きが素早いと、鶴松は利済の動作を見て感じた。鶴松も立ち上がり、四人が正門へと向かった。

松の木に馬の轡《くつわ》が繋がれ、一頭が馬糞を落としている。

荷車は、馬から取り外されてはいない。荷車の周りに、物珍しいとばかりに四人ほど家臣がいたが、利済たちが近づいたのに気づき、素早くその場を立ち去っていった。

「これが、その荷車か。壊れておるの」

「はい。荷台の柵が壊され、米を略奪されました」

声をあまり聞かれたくないと、語りは源内に任せている。

「返す返すも、残念でございったな、伊丹殿」

「はぁ……」

言葉の代わりに、鶴松は大きくうなずく。

「ずいぶんと、寡黙になりましたな、伊丹殿」

「のどが……」

鶴松は指の先を、出っ張ったのど仏に向けた。

「左様でしたな。それよりも、荷車……」

言って利済は、荷車に目を向けた。

「これは、四つの車輪が車軸で繋がり、歯車の嚙み合わせで動力が生じます。車軸と車体は、サスペンションを挟んで支え、スプリングで衝撃を和らげ、重荷に耐える工夫を凝らしています」

西洋言葉をまじえ、細かく説明しても理解できないだろうと、口早に源内は語った。

「ふーん、そうかい」

利済からは、生返事しかない。

「殿、馬二頭で六十俵の米が運べるのですぞ。しかも、山向こうの出羽から……」

室田の説明の方が、素人でも分かりやすい。

「それは、大したものだ。それで、これのどこに南部鐵を使うというのだ？」

ここは押しだと、鶴松は源内の背中を軽く叩いた。

「はい。動力となる歯車と衝撃吸収のスプリングを、南部鐵で作りたいと思ってます。今は木材で作ってありますが、それでは手間と時がかかり過ぎ、鐵ならば量産が可能で、丈夫かと。それで、是非お譲りをとお頼みする次第」

源内が、一気に言い放った。

「分かりもうした。だが、鐵は譲れん」

利済が、大きく頭を振る。その答に、鶴松も驚きの表情を向けた。

ここで南部家に断られたら、一千台の受注は藻屑《もくず》と消える。それよりも、この先の発展が見込めない。世の中にとっても、大きな損失である。

「譲れませんですと？　それでは南部様が……」

「もういい、源内」

源内が食い下がろうとするのを、鶴松が止めた。

「駄目なものは仕方がない、引き上げよう」

いやにあっさりした撤退である。そんな思いか、源内の訝しげな顔が鶴松に向いた。鶴松は既に、松の木に結わえた馬の轡を解いている。

「お邪魔しました」

嗄《しゃが》れ声を発し、利済に向けて一礼をした。

「門を開けてくだされ」

室田に、開門を頼んだ。室田が正門の閂を外す間に、鶴松と源内は荷車の座台に乗り込んでいる。

「それでは行こうか」

門が半開きになると、源内は制御棒を壱まで倒し、手綱を小さくしごいた。ゆっくりと、荷車の車輪が回転し始める。

馬の後ろ足が門を出たところであった。

「待たれよ！」

利済の声に、源内は手綱を引いた。馬の歩みが、それで止まった。

七

馬は元の松の木に繋がれ、鶴松と南部利済は三階櫓からなる本丸で向かい合った。源内と室田は人払いされ、別間で待たされる。

「それにしても役者でござるな、伊丹殿は……」

二人面しての利済の切り出しに、鶴松の心の臓がドキンと高鳴りを打った。

——どこまで気づいていやがる？

だが、鶴松は顔色一つ変えずに応じる。

「役者とは……？」

「さすが、やくざの親分だ。度胸が据わってる」

「ということは……？」

「ああ、ご先代の伊丹長盛様のご落胤《らくいん》が、深川の博徒の大親分であることは誰だって知ってる」

そこまでは、鶴松も織り込み済みである。家臣、子分だって皆知っていることだ。鶴松の最大の懸念は、それ以上のことが知られているかどうかである。

本当のご落胤は、亡くなった兄弟分の鶴丸《つるまる》であった。鶴松はその成りすましで、先代藩主伊丹長盛の跡を取り、十二代目当主となった。そのことは、ごく一部の者たちしか知らず、絶対に隠し切らなくてはならない。

利済の話からは、まだそこまでは伝わってこない。利済が役者と言ったのは、別の意味からであった。それが、利済の口をついて出る。

「端《はな》からすぐに分かりましたぞ、別人てのが」

「別人……いったいなんのことで？」

「惚《とぼ》けんでもよろしかろう。ここだけの話だ」

「…………」

鶴松には、三太郎のことだと想像がついた。だが、自分から言うことではないと、利済の言葉を待った。それによって、今後の出方を変えようとも。

「端は、どちらが本当の伊丹殿かまでは分らなんだ。だが、今はおぬしが本物と思っておる。もう、声が嗄れたなんて気遣いは無用でござるぞ」

やはり、三太郎との成り代わりの件であった。ここは、下手に惚けても墓穴を掘るだけだ。開き直りが一番好手と、鶴松は心得ている。それには、気風《きっぷ》と度胸が肝心だ。鶴松は肚《はら》を据え、気持ちを殿様から博徒の貸元に切り替えた。言葉も、自然と伝法になる。

「なんだ、知ってやしたんかい」

鶴松は、正座から膝を崩し胡坐《あぐら》を組んだ。態度からして開き直る。すると、利済も正座から同じ姿勢を取った。

「どこで気づかれ……いや、そんなことはまあいいか」

それでも利済が答える。

「そりゃ、すぐに分かったよ。ご城内で会った男とは別人だってな。俺は、その辺の勘が鋭いもんでな」

その三太郎は今は江戸にいて、優雅にお殿様を堪能《たんのう》している。

――いよいよ、三太郎の成りすましも考えなくてはいけねえな。

その時、鶴松の頭の中をよぎった。

「まあ、心配することはねえ。ご城内で知っているのは、俺くらいなもんだ」

言葉からして、この人もずいぶん遊んでいると鶴松は思った。事実利済は、城下に遊郭《ゆうかく》などを設け、派手好みで女好きの評判を取っていた。だが、そんなことよりも、南部家にはもっと重大な秘密が隠されているのだ。まだそこまでは、今の鶴松には知る由《よし》もない。

「成りすましなんて、どこにでもあることよ……ふふふ」

不敵に笑う利済に、不気味さを感じる鶴松であった。ここで弱みを見せたら負けだと、鶴松は平静を装う。

「ところで、どうして俺が本物だと分かりやした？」

「度胸がいいと、思ったところよ」

「度胸が……？」

「ああ、さすがにいい度胸をしてると思った。俺が断ったところ、あんたは何も言わず引き下がろうとした。それほど重要な物が欲しければ、少しは食い下がるはずだ。いやに、あっさりしてると思ってな」

言葉に互いの遠慮が取れていく。敬う言葉では、本心が語れないと利済も心得ているようだ。

利済の方が年上である。その点で、鶴松の方がいく分相手を敬っている。

「だったら、お殿様だって役者ですぜ。断る気もねぇのに、端から断ってきた。引き止められるのは、端から承知でしたぜ」

「そうだな。互いにそこまで読めてんなら、これからは肚の探り合いはよそうぜ」

「ええ。駆け引きはよして、互いが良くなることを考えていきやしょうや」

盛岡藩は米。松越藩は鐵。

互いに望む物が一致し、ここで両者は手を組むことにした。

この事業が成就すれば、この国の輸送手段に、画期的な進化をもたらす。それに加え、事業の発展は領民に潤いを与え、延《ひ》いては飢餓から解放される。一石二鳥にも三鳥にも成り得る、壮大な計画であった。

製作、管理、運営は家臣たちに任せられる。

大平源内が中心となり、両藩の家臣が綿密な打ち合わせをして、荷車の部品である鐵製の歯車と発条《スプリング》が、鋳造されることになった。

技法は、南部鐵器とほぼ同じ工程を用いる。溶解炉で鐵を溶かし、木製の型から鋳型を作る。その鋳型に、溶かした鐵を注ぎ込み冷えて固まれば完成である。この方式ならば、いく多の種類でも数量でも作ることができる。

荷車を造る工程で、一番難儀で時がかかる部分がかなり短縮できる。製作は、溶解炉が有り、鐵の原材料が採取できる盛岡藩で行い、それを松越藩まで運ぶ。

そんな段取りが組まれ、鶴松と源内は松越藩に戻ることにした。

互いに利とするところが一致し、順調な滑り出しであった。

源内は松越藩に戻ると、歯車と発条の原型の一式を持ってすぐに盛岡へと引き返す。むろん、荷車を手繰ってである。

速力を増すため、馬二頭で荷車を牽かせる。明六ツに出立し、その日の昼には盛岡城下に到着する。

鐵鋳造職人たちと綿密な打ち合わせをし、製造を任せきった源内は、その日の内に松越藩に戻ることができた。

「すげえな、もう行ってきたのか？」

松前藩と南部藩を、たった一日で往復した源内に、鶴松は驚く顔を向けた。

「はっ。殿に、真っ先に報せたく……」

源内の首尾をもって、鶴松と片岡は江戸に戻ることにしていた。となれば、明日の早朝から動くことができる。

そして、翌日の朝。源内は、荷車の新車を調達してくれた。

「くれぐれも、半刻で十里以上は飛ばさないでください。車輪が外れる危険がありますから。それと、人を轢《ひ》いたら大変なことになりますから」

「分かった」

源内から注意を促され、まずは、鶴松が馬の手綱を取った。

「それでは殿、参りましょうか？」

「ああ。世話になった。あとは頼むぜ」

荷車の、座台の上から鶴松は見送る源内に声をかけた。

「道中、お気をつけて」

鶴松が、制御棒を壱まで下げ、手綱をゆっくり緩めると車輪が回り始めた。

「今日は、何日だ？」

脇に座る片岡に、鶴松が話しかけた。

「江戸を出てから、十日が経ちますので七月の二十六日かと……」

「そんなになるかい。早く江戸に戻らねえといけねえな」

「この速さで行きますと、江戸には三日で着くものと……」

江戸までは、およそ百十里。半刻で、五里進める速さで手綱を手繰っている。昼夜問わず、一日中走り通せば明日の朝には、千住《せんじゅ》大橋で荒川《あらかわ》を渡り江戸に着く勘定である。むろん、馬を休ませなくてはならないし、自分らも睡眠を取らなくてはならない。鶴松は、行程を三日に分けることにした。

「月内には着けるかな?」

「大の月ですから、充分かと。何か、お急ぎの理由《わけ》でも……?」

「そうじゃねえけど、八月一日は八朔《はっさく》だろ」

鶴松が言う『八朔』とは、初代将軍家康の関東入国の日とされ、その祝賀が催される日であった。大名諸兄は千代田城への総登城が義務とされ、月次登城でも、特別な日とされている。

「ですが、それには三太郎が行くものと……」

鶴松が千代田城に登城したのは、伊丹家の家督を継いだばかりで、将軍家斉と

る。月に二から三度の登城となれば、すでに十数回は通っている勘定になる。

「今さら殿が行かなくても、三太郎が上手くやってくれますわ」

慣れたものだと、片岡は安心しきっている。

「そうだな。何も今さら、俺が出張ることはねえか」

「殿が行ったら、かえっておかしなことになりますぞ」

「かもしれねえな」

八朔登城の話は、ここまでであった。

「それでも、江戸で何が起きてるか分からねえ。なるべく早く戻ろうぜ」

「かしこまりました」

途中、片岡に手綱を取らせ荷車の扱いを習練させた。

「なかなか筋がいいな。これから先は、ずっと片岡さんに頼むわ」

操作が慣れてきたところで、鶴松が言った。

「お任せくだされ」

荷車の操作は、片岡の性に合うようだ。顔を綻《ほころ》ばせての返事であった。

福島《ふくしま》で一泊し、下野《しもつけ》に入って宇都宮で宿を取り、順調な旅となった。尻も痛くなったが、思った以上に快適であった。早駕籠よりも数段楽で、しかも比較にならないほど速い。

宇都宮から江戸までは、およそ三十里である。明六ツに出れば、途中休みを多く取っても、余裕で昼八ツには千住大橋を渡れる。

関東の平野に入れば、ずっと平坦な道がつづく。江戸に近づくにつれ、街道は人の通りが多くなってくる。半刻で五里進む速度を、片岡は手綱を締めて落とした。それでも、人の歩みの三倍は速く進める。

馬に二頭で牽く馬車を、道行く人々は好奇な目で見ている。その様を、鶴松は車上から優越感を覚えて見返している。

荷車は、日光道中の野木宿《のぎしゅく》を過ぎたあたりまで来ていた。

栗橋宿《くりはし》の手前を流れる渡良瀬川《わたらせがわ》と利根川《とねがわ》が合流したところに、『房川《ぼうせん》の渡し』と呼ばれる、川の渡し場がある。そこから渡しまでは、あと二里ほどである。

「そうだ、片岡。いいことを思いついた」

手綱を取る片岡に、鶴松が話しかけた。

「何でございましょう？」

「これに、人を乗せて運ぶってのはどうだい？　そう、乗り合い車とかなんとか言ってな」

「それは良いお考えで。移動が、ずいぶんと楽になり重宝するでしょうな。身共など膝が痛《いと》うて、このごろは深川まで行くのが億劫《おっくう》でありまする」

「築地から深川まで、五十文てところでどうだ？」

「銭を取りますので？」

「当たりめえだ。これも立派な商いだからな。家臣、領民を飢えさせねえためにも、踏ん反り返っているわけにはいかねえ。領民たちに、強奪なんかさせちゃいけねえんだ。あれは、藩主が悪い」

鶴松は、一関で遭った米の略奪を思い出して口にする。

「まったくもってしかり……おっと」

片岡が慌て、いきなり手綱を引いた。馬の足が止まり、車輪の回転が止まった。同時に、制御棒を垂直に立てた。こうしておけば、馬が牽いても荷車は動かない。

「どうかしたか？」

「急に、馬の前を人が横切ったような気がしまして……」

鶴松との話に気が取られ、片岡の前方に向ける注意が散漫していた。

「轢いたのか？」

「いえ、なんとも。だが、轢いた衝撃は感じませんでした」

鶴松が慌てて降りて、様子を探った。馬の足元に、人は倒れてはいない。

「誰もいないぞ。あんたの、気のせいかもしれん」

車上の片岡に声をかけ、戻ろうとしたところであった。すると、道端から声がする。

「うぅー、痛い……」

鶴松が、声のする方に目を向けた。道端に、小さな荷行李を背負った男が倒れて苦しがっている。腕には手甲、脚に脚半《きゃはん》を巻いた三十半ばの旅人であった。姿身形《みなり》は商人風であるが、同行者はいないようだ。

「大丈夫か、おい？」

鶴松が駆け寄り、男に声をかけた。

「足を挫《くじ》いたらしい……痛くて歩けない」

「それは、すまねえことをした」

馬が轢いたと取った鶴松は、男に詫びた。見過ごすわけにはいかない。その後の処置を考える。

「いや、謝ることはありません。これは手前の不注意ですから」

商人らしく、物腰が柔らかい。

話を聞くと、馬の蹄の音が聞こえ、道の脇にどこうとしたところで石につまずき、転んだ。その際に、足を捻《ひね》ったということだ。

「それは、俺らがいけねえ。馬を避けようと、焦らせたのはこっちだからな。とにかく、なんとかしねえと。どこかに、医者はいねえかな」

周囲を見回しても、田圃と畑と雑木林が延々と広がるだけだ。東の後方には、遠く筑波山《つくばさん》が見渡せる。医者どころか、人家すら見当たらない。

「さて、どうするか……そうだ、旅人」

「はい」

「どちらに向かって歩いてたんで?」

「手前は、江戸に行くところでした。ちょっと、急ぐ用事がございまして。ところで、お侍さんは？」

商人から逆に訊かれ、鶴松は自分が武士の形《なり》をしているのを失念していた。人を轢いたという焦りもあって、口調が渡世人《とせいにん》風である。

「拙者らは……まあ、いい。いろいろあって、こんな格好をしている。悪い者じゃねえから、それだけは安心しな。江戸に急ぐんだったら、俺たちの荷車に乗って行けばいい。夕方には、江戸に着けるぜ」

「それは助かる……うっ」

言いながら、商人は痛みで顔を顰める。

「おい、片岡」

一人では動かせないと、鶴松は車上の片岡を呼んだ。車止めをかけ、片岡が降りてくる。

「どうやら、俺たちの荷車を避《よ》けるため……」

人が、馬の前を横切ったというのは片岡の錯覚であった。だが、前方に注意を怠っていたのは確かである。

「とにかく、急ぎで江戸に行きてえらしい。荷台に乗ってもらって、運ぼうじゃねえか」

「それがよろしいですな」

「二人で支えねえと。一人じゃ手に負えねえんでな」

「かしこまって、ござる」

鶴松と片岡の会話を、商人は不思議そうな顔をして訊いている。

「いいかい、旅人。俺たちの肩につかまって……」

六尺近い上背の鶴松に、片岡の背丈は七寸ほど低い。

「手前、日本橋馬喰町で旅籠を営み、初音《はつね》ノ馬場《ばば》を預かる博労頭でもある富田屋の番頭で、弥助《やすけ》と申します」

歩き辛そうに二人の肩に体を預け、男は素性を語った。博労と聞いて、鶴松と片岡が顔を見合わせる。

「馬を扱う商いだってのに、蹄の音に驚いていては洒落《しゃれ》にもなりませんな」

「まったくで」

弥助と名乗った男の軽口を、鶴松は軽く受け流した。

荷車のあおりを下ろし、弥助を荷台に乗せた。

「ちょっと揺れるが、辛抱してくだせえ」

弥助に注意を促し、荷車が動き出した。

第三章　江戸へ急げ

一

利根川の手前に、日光道中で唯一の関所がある。標札に『房川渡《ぼうせんのわたし》中田関所』と書かれ、下総《しもうさ》側の中田《なかだ》宿に設けられていた。

関所に駐在の番士が、鶴松たちの荷車の前に立ちはだかる。

「馬二頭で牽《ひ》くなんて、奇妙な荷車であるな。何を運んでおるのだ？」

入り鉄砲に、江戸幕府はことさら目を光らせている。

「別に、怪しいものを運んではいませんぜ。それよっか、早く怪我人を江戸に連れていかねえと……」

番士には、鶴松が対応した。

「怪我人とな……道中手形は持っておるか？」

鶴松と片岡が、荷行李《にごうり》にしまった鑑札を番士に見せた。

「松越藩士本田作兵衛……齢《とし》も相応だな。それと、片岡彦兵衛……よろしい」

鑑札を確認されても、素性に問題はない。それでも、番士は腰を屈《かが》め、車体をのぞき込む。

「なんだ、これは！」

木製とはいえ、その複雑な構造に、不可思議とも驚嘆ともつかぬ奇妙な声を発した。

「これまで見たこともない、奇態な荷車。綿密に調べをせねばならんので、二日ほど留め置きされたし」

車体に隠し、幕府ご禁制の物を運んでいるのではと、番士は真っ向から疑っている。

「二日も留め置きしている暇は無い。だいいち、こちらは怪我人を運んでるんだぜ」

「いや。これは役目なのでな、絶対に見逃すわけにはまいらん。関所とは、こういう物を見つけ出し、取り締まるために設けられておるのだからの」

鶴松が、番士に抗うも頑《かたく》なに首を振る。すると、もう一人番屋の中から同じ形《なり》をした番士が出てきた。

「どうした、ご同輩？」

「この奇妙な荷車、怪しいとは思わんか？」

番士が、出てきた同輩に事情を説く。そして、二人で車体の下をのぞき込む。

「なるほど、甚《はなは》だ奇態であるな。これは、二日の留め置きでは済まんぞ。江戸の道中奉行様に報らせねばならん」

奉行が来るかその使いが来るか、いずれにせよ四、五日の滞在ではすまなくなる。

街道を監視する役目の道中奉行は、大目付や勘定奉行が兼任する。

「大目付の、小笠原様に即刻報せねばならんな」

小笠原と聞いて、鶴松と片岡は顔を見合わせた。賭博開帳の折、信濃飯岡藩主大田原友永と策略を巡らし、伊丹家を貶《おとし》めようとしたのはつい先日のことだ。鶴松はその策謀を暴き、逆に味方に引き入れたのである。今では、小笠原と大田原は、鶴松の子分という立場にある。

「小笠原が来れば、なんてことも無かろうけど、五日も待っちゃいられねえな」

一刻も早く江戸に戻りたくて、荷車に乗って来たのだ。どうしようかと、鶴松が思案をしているところに声が聞こえてきた。

「桜木《さくらぎ》様……」

番士の名を発したのは、荷台に乗る弥助であった。どうやら、後から出てきた番士と顔見知りらしい。

「あっ、そなたは……」

桜木と呼ばれた番士が、弥助の顔を見て驚きの声を発した。

「お勤めご苦労様です。手前、野木宿を過ぎたあたりで転び、足を挫いてしまいました。そこを通りかかったお武家様に助けられ……ええ、江戸まで急いで戻りませんと、御馬方の梶山《かじやま》様に叱られてしまいます」

御馬方は、幕府の馬の管理を差配する部署である。その管理は民間に委ねられ、博労で旅籠も商う富田屋もその一軒であった。

「この度、将軍様の御馬御用達のため、那須《なす》に駿馬がいると聞き及び手前が出向いた次第です」

将軍と話が出たら、番士たちも控えなくてはならない。

「はっ」

声を発し、その場に片膝をついた。

「三頭ほど買い入れ、後から運ばれてきます。手前は一足先に江戸に戻り、梶山様に……」

「いや、よろしい。お通りなされ」

皆まで聞かず、桜木という番士が通行を許した。

弥助を乗せていなければ四、五日の滞在を余儀なくされていた。

「あんたのお陰で助かったぜ」

鶴松が、荷台に顔を向け弥助に礼を言った。

「いえいえ、大したことではございません」

「それにしても、将軍様の馬を調達しての帰り、さぞかし急いで……あれ？」

鶴松は、言ってる途中で首を傾げた。

「そうだ、あんたは博労の使いだろ。そんなに急いでいるんなら、なんで馬を使わねえ？」

「仰《おっしゃ》るとおり、よくお気づきで。あれは方便。ああでも言わないと、すんなり通していただけんでしょう。たまたま、顔見知りの番人がいたんで、咄嗟《とっさ》に思いついたまでのこと。手前はたまたま野暮用で、宇都宮まで出かけての帰り。半分物見遊山ですから、たいして急ぐ旅でもありません」

「そうだったかい。なかなか気転が利くんで、助かったぜ」

それからしばらく、鶴松は後ろを向き弥助と話がつづく。

「日本橋馬喰町に、初音ノ馬場というのがあるのをご存じでしょうか？」

「聞いたことがあるけど、行ったことはねえ。そういえば、あんたがさっき言ってたな」

「左様でした。初音ノ馬場というのは、幕府の馬の鍛錬所。昔はかなり広大な敷地なようでしたが、戦のない世となって、広さもだいぶ減ったそうです」

弥助が蘊蓄《うんちく》を語る。

「富田屋は、江戸に幕府が築かれて以来、代々続いた博労に違いないですが、今は旅籠《はたご》の方が主な事業となっていますよ。手前は馬に乗れないのですよ。それに、たいして儲《もう》かる商いではないので、富田屋はいつも資金繰りに苦労してます。お恥ずかしい話、駕籠《かご》にだって乗れませんです」

「そうだったかい」

鶴松は、うんうんとうなずきながら聞いている。

「ところでお武家さん、話を聞いていると、どうもお侍《さむらい》らしくないのですが」

「ああ、気にしねえでくれ。いろいろ事情があってな、その事情ってのは、あんまり他人様《ひとさま》には話したくねえことだ」

「分かりました。ですが、先ほど関所の番人が、松越藩とか……」

「知ってることは、そこまでにしておいてくんな」

鶴松が、釘《くぎ》を刺した。弥助は、怪我をしたところを助けた、行きずりの旅人である。

房川の渡しは、利根川の合流地点から十町ほど下流にある。

利根川の堤を下りて、渡しの河川敷まで来て鶴松たちは愕然《がくぜん》とする。

「どうして、今までこんなことに気づかなかった」

川幅四十間の利根川を前にして、鶴松の頭の中は真っ白になった。手綱を取る片岡も、呆然《ぼうぜん》と前方を見やっている。

「どうしましょうか?」

「どうするかなあ」

利根川に、橋が架かっていないことを、すっかりと失念していたのである。鶴松も、いく度かこの街道を通っているが、まったく頭の中にそれが無かった。これまで渡し舟に乗って対岸に渡るのに、困難なことは一度も無かったからだ。それ故に、渡川が意識の中に入っていない。

「こんなことに気づかねえなんて、俺も馬鹿だなあ」

自分自身に呆れ果てるか、鶴松の顔には苦笑すら浮かんでいる。

「さてと、どうやって渡るか」

現実を受け止め、鶴松が口にする。これを解決しないことには、事業そのものが挫折してしまう。

中田宿と栗橋宿を繋《つな》ぐ渡しは、一艘《そう》の舟である。人馬は渡れるが、荷車の幅が七尺もあると大きな艀《はしけ》でなくては間に合わない。

以前、国元の水害で米百俵、塩二百貫を運んだことがある。その時は、荷車十台に分けていた。被災地への物資運搬ということで、関所も難無く通り越せた。川渡しの船頭も、茶舟でもって川をいく度も往復し尽力してくれた。だが、今は協力を仰ごうにも、いかんともし難い。

茶舟とは、人や荷物を乗せて渡す小型の舟である。房川の渡しには、それが五艘ほどあり、今は一艘が動いている。

「なんで橋を架けねえんだ？」

愚痴だと思っていても、つい口をついてしまう。

「重くて大きな物を、江戸に運ばせないためですな」

鶴松の愚痴に、片岡が答えた。主だった河川を、江戸幕府は大きな濠《ほり》と見立てている。そう簡単には攻められないぞ、といった大名諸侯への謀反《むほん》に対する警戒である。

「御公儀の、御用船があるはずだが……」

頭上から、声がする。振り向いて見ると、荷台に乗った弥助が川に目を向けている。

「何か言ったかい？」

　鶴松が訊《き》いた。

「ええ。この渡しには、大きな物資や重い物を対岸に運ぶ御用船、いわば艀といのがあるはずですが、あたりに見当たらない」

　首を、上流から下流に振りながら、弥助が言う。房川の渡しには、その御用船が二艘ある。

「その、御用船ってのは、この荷車を乗せられるのかい？」

「ええ。いっぺんに二、三台はいけますな。馬なら、十頭は乗せられます」

　ならば、米六十俵も大丈夫だと、鶴松は頭の中で勘定をした。

「だが、これを使うには許しがいります。御公儀の物ですから」

「許し……お上のか？」

「はい。物資を運ぶのもなんでも、お上の統制の下にありますからな。ですが、参勤交代などでお大名が使用することは出来ます。川を渡るのに、茶舟ではどうにもならんでしょう。あの、途轍《とてつ》もない人数と、馬や物資を渡すのに……」

弥助の博識を、鶴松が尊敬の面持《おもも》ちで聞いている。

「その幕府の役人てのは……？」

「おそらく、道中奉行か川船奉行のお役目かと」

弥助と話しながら、鶴松の顔が片岡に向いた。

「江戸留守居役さんは、どっちだか知ってるか？」

「さあ。身共《みども》は江戸の中のことだけ考えてますので……山田氏なら詳しいものと」

と、頼りない。参勤交代の段取りは、主に勘定奉行の下で仕切られる。川の渡しなど、片岡の頭の隅にもなかった。

「しょうがねえな」

ここでは、遥《はる》かに弥助の方が頼りになる。すると、弥助が荷台から降り、歩いて川に向かって行くのが見える。

「あれ、怪我は大丈夫なんか？」

鶴松が、弥助に近づいて言った。

「ええ。もとより怪我などしておりません。今だから言いますが、あれも方便。

ああすれば、楽に江戸に行けると思いましてな」

「そうだったのかい。うめえこと考えたな」

鶴松の顔が笑っている。嘘を吐《つ》かれても、まったく腹が立たない。それよりも、弥助という男に興味を持った。

「茶舟で、対岸に渡りませんか？」

荷車を残し、鶴松と栗橋側に渡ろうとの提案であった。

「川向こうに、渡しを管理する問屋《といや》がありますもので」

対岸に、五、六人かたまっているのが見える。

「あれは……？」

「船頭や、船積み人足たちでしょう。話を聞いてみるのも……」

「そうだな」

対岸でじっとしていても、何も解決はしない。こういうときは、動くものだと鶴松は心得ている。

川渡しの手段は、鶴松の事業にとっても大きな問題としてのしかかっている。この答を導かなくては、先に進めない。

「……答を解くのに、今が絶好の機会だ」

前向きに呟《つぶや》くと、鶴松は車上の片岡に声をかけた。

「ちょっと、対岸に行ってくる。待っててくれ」

「かしこまりました」

と、片岡の返しがあった。そのやり取りに、弥助の頭が傾いている。片岡の身形と、鶴松の身形では片岡の方が上回っている。それと、一回り以上齢《とし》が上である。同じ武家でも、遥かに片岡のほうが、身分が上に見える。だが、会話のやり取りはまったく逆である。それと、鶴松の伝法《でんぽう》な口の利き方。不思議に思わないはずがない。

一艘しか動いていない舟が戻るには、少し時が必要だ。その間に、弥助から問いが発せられる。

「お武家さん。あなた方はいったい……？」

素性も何も語っていない。弥助が知っているのは、松越藩の者たちということだけだ。

——この男は、使えるかもしれねえ。

弥助を味方につけるため、鶴松は語ることにした。

全てを語るには、舟が戻ってくるまでの間では足りなすぎる。

「あんた、俺たちが松越藩の者だとは知っているよな」

「ええ……」

「実は、俺はそこの殿様なんだ」

「やはり……」

一瞬弥助は驚く表情を見せたが、すぐに顔を元に戻すと、むしろ得心したような顔つきとなった。

「なんだ、分かってたのか？」

「何かご事情があると思ってましたが、まさかお殿様とは。たしか、松越藩のご当主は伊丹様かと……」

「よく知ってるな。俺が、その伊丹家十二代藩主の伊丹備後守ってわけだ。言葉が伝法なのは、巷《ちまた》で遊んだもんでいつの間にかやくざ言葉が移っちまった」

鶴松は、素性を語った。猪鹿一家の貸元《かしもと》とは、話が面倒臭くなると、ここでは伏せておく。すると、弥助が地べたに跪《ひざまず》いた。

「今まで、ご無礼を……」

武士とも見紛《みまが》える、弥助の所作であった。

「そんな格好、よしてくれ。それよっか……舟が戻ってきたぜ」

言ってる最中に、渡し舟が川岸に着いた。

「俺も、弥助さんに話がある。細けえことは、あとで話す」

渡し舟に乗り、栗橋側へと渡る。

二

対岸に渡り、土手を越えればそこが栗橋宿である。江戸から数えて、日光道中七番目の宿場である。渡しの宿場なので、本陣、脇本陣のほか旅籠二十五軒と、武蔵の国の宿場としては体裁が整っている。

河原に、渡し舟の船頭や船積み人足たち、六人が輪になり何やら話し合っている。弥助が、その輪に向かって行く。鶴松は、その後についた。

「時蔵《ときぞう》さん……」

弥助が声をかけると、『池田屋《いけだや》』と屋号の入った半纏《はんてん》を、尻っぱしょりにした男が振り向いた。

「おや、弥助さんじゃゃねえですか」

親しそうな、応対の仕方であった。

「話しているところ、すまんな。親方は、今日はいるかい？」

「ええ。毎日、暇を持て余してるようですぜ。俺たちは、これから忙しくなるってのに」

「何か、あるので？」

「ええ。あと何日《なんにち》かしたら、参勤交代で国元に戻る大名があると報せが来たもんで、それで段取りを話し合ってたところでさあ。それが、出羽の松越藩っていうちっぽけな大名で……」

参勤交代の時期は、四月か五月となっている。松越藩は、先代の逝去と世継ぎの慌しさで、国戻りが八月となっていた。

時蔵という男が答えると、鶴松と弥助が思わず顔を見合わせた。

「ちっぽけな大名といったって、それなりの人の数と荷物はあるでしょうから、今のうちに段取りをってことで……」

『栗橋房川渡』と、襟《えり》に白抜かれた印半纏《しるし》を着た船頭が、事情を言った。

「ちっぽけな大名だというんで、大したことはねえと思うんだが」

輪の中にいる、別の男が口を挟んだ。

「つまらねえ大名だからって、大名は大名だからな……」

「川に落とすことは、できねえだろうよ」

一人の戯言《ざれごと》に、六人揃って高笑いとなった。聞いていて、鶴松の顔がだんだんと強張《こわば》っていく。顔を顰《しか》めても、気づく者はいない。ちっぽけだの、つまらないだのの連発に、気の毒そうな顔をしているのは弥助だけだ。その、ちっぽけな大名が目の前にいるとは、今は口が裂けても言えない。

「ところで、頼みがあるんだが……」

弥助が、話の矛先《ほこさき》を変えた。

「なんでやしょう？」

この中で、時蔵が一番弥助と親しいらしい。互いに、物怖《ものお》じがない。

「対岸に、馬二頭で牽《ひ》いた荷車が見えるだろう」

「ええ。ずいぶんとでかい荷車のようで」

「あれを、こっち側に渡してはもらえないかと。このお武家さんが、困っているんでな」

弥助が言うと、六人全員の顔がようやく鶴松に向いた。

「あれ、このお武家さん……俺、覚えがあるぜ」

「俺もだ」

その中の二人が、鶴松の顔を見て言った。

「半年ほど前……そういやあ、あの時のお武家さん。今思い出したぜ」

「お国に、水難の物資を運んでいた時、一行の差配をしていた……あんとき、百両もの金を『酒代は弾むぜ』なんて言って出してくれたお武家さんだ」

「この人かい、百両もの金を出したってのは？」

「ああ、確かにそうだ」

あの時鶴松は、十台の荷車に幟旗《のぼりばた》を立てた。その中に『松越藩……』と入った幟があったはずだが、読めなかったか気づかなかったか、それを口にする者はいない。

船頭たちが問答をしているそこに、鶴松が口を挟む。

「俺は、今あんたらが言ってた、松越藩の者で……」

「えっ。だったら、悪《わ》りいことを言っちまったな」

「悪かったな、ちっぽけな藩で……つまらねえ藩とも言ってたよな」

ばつが悪いか、六人の首が一斉に下がった。

怒り口調でも、鶴松の顔は笑っている。

「ところであの荷車、渡すことはできるかい？」

「本来なら出来ねえ相談ですが、ああいったとき、パッと百両も切れる男に頼まれちゃあ、首は横に振れねえ。ですが……」

と言ったまま、六人が困った表情となった。

「艀で渡すことは出来るんですが、お上の許しが必要でして」

池田屋の半纏を着た、時蔵が答えた。

「それと……」

もう一人の船頭が、口にする。

「艀は今、二艘とも修理《なおし》に入っちまって。あと、三日もしねえと戻っちゃこねえんで」

三日というと、七月から八月の、月またぎになってしまう。

幕府の許可だけならば、道中奉行を兼ねる大目付の小笠原に言って、事後でも何とかなる。だが、修理に出している艀を、いくら鶴松でも無理やり川に浮かべるわけにはいかない。

艀があれば、この日の内に藩邸に戻れるのだが、ここは仕方がないと鶴松は三日の滞在を受け入れることにした。

「しょうがねえから中田宿に戻って、三日の間のんびりとするかい」

江戸を出てから、出羽松越と南部盛岡までを十日で往復するという強行軍であった。徒歩《かち》ならば、まだ出羽の山形《やまがた》にも着いていないはずだ。ここで三日足留めを喰《く》らったところで腹は立たない。

「弥助さんはどうする？」

「手前もつき合わせていただけませんか？　馬喰町の旅籠に戻っても、客に茶を出すくらいしか、やることはありませんから。それよりも、お殿……いや、本田様の話を詳しく聞きたいもので」

「だったら、中田宿で待つとするかい」

「そうしますか。という事情《わけ》で……」

弥助の顔が、鶴松から時蔵に向いた。

「艀ができたら、渡してはくれないか。酒代は弾むと言ってますから」

「いや、酒代はいいですぜ。前にもらった百両のお釣が、たんまりと残っていまさあ」

時蔵たち六人のうなずきを見て、鶴松と弥助は対岸の中田宿に戻ることにした。


八月一日は、八朔《はっさく》の日。

その朝、鶴松と成り代わり、三太郎が千代田城へと赴く。いつもと変わらぬ月次《なみ》登城に、三太郎は慣れきっている。白帷子《しろかたびら》に長裃《ながかみしも》の、夏着の正装に着替えて登城する。

八朔は、幕府にとっての祝日である。この日は、お目見え三千石以上の旗本までが、総登城することになっている。

その三日前、伊丹家江戸家老高川宛に、早馬の報せが届いた。鶴松が出したものだ。七月中には戻ると、先をもっての報せであった。

だが、月が変わった八月になっても、鶴松と片岡の戻りはない。それでも高川は、何かあったかと、気を揉《も》んではいない。なぜなら、十日ばかりで江戸と出羽の往復は不可能と、心得ている。むしろ、七月内に戻るといった報せに、首を傾《かし》げたくらいだ。ただ一つ、高川の心内に燻《くすぶ》りがあるとすれば、八朔の行事を、三太郎が上手く乗り切れるかどうかである。大礼や元旦に匹敵する、将軍家にとって大切な行事なのである。

これまで三太郎は登城の際、気転で乗り切ってきた。多少は仕来《しきた》りに、普段と違いがあったとしても、周りの大名の動作を真似ていれば大抵はやり過ごすことが出来た。そんな自信もあってか、

「任しといてください」

三太郎は、胸を叩いて登城の乗り物に乗った。

従五位下の下級大名の詰め所である、柳の間《やなぎのま》で待たされるのはいつものことだ。

三太郎が、柳の間に詰めるときは、まったくの無口で通している。なので、つまらない男と陰口も立ち、誰も話しかけてくる者はいない。賭博《とばく》の件で鶴松に弱

みを握られている信濃飯岡藩大田原肥前守友永は、今は国元に戻っている。このままいけば、三太郎は一言も言葉を発せず、藩邸に戻ることができる。末席の、更に一番後ろにいれば、前方はすべて手本である。大広間での将軍徳川家斉との謁見も、所作を真似しながら難なくこなすことができた。

これで無事に帰れると、松の大廊下を歩いている時であった。

「備後守様……」

背後から官職名で呼ばれても、三太郎は気づかずにいる。「伊丹様……」と呼ばれ、三太郎はギクリとした面持ちとなった。これまでにない、不安な感触が全身を駆け巡る。一呼吸おいて、三太郎は気持ちを静めた。

「いたみ……」

三度名が呼ばれようとしたところで、三太郎はおもむろに振り向いた。

熨斗目《のしめ》の小袖に肩衣《かたぎぬ》を纏い半袴《はんばかま》は、三千石以上の旗本の正装である。

「何か……？」

言葉短く、威厳を込めて三太郎が問うた。すでに、三太郎に不安げな表情は消えている。猪鹿一家の三下とはいえ、渡世人として度胸が据わっている。

「拙者、目付を仰せつかる大岡一之助《おおおかいちのすけ》と申します。若年寄畠山様から、伊丹様を呼んでまいれとの仰せでござる」

言葉は下方からでも、有無を言わせぬ威厳を含む。三太郎は、登城して初めての危機に足が竦《すく》みそうになった。下腹に力を込め、グッと堪《こら》える。下腹に力を入れすぎたためか、ぶっと大きな放屁をした。その一発で、俄然《がぜん》三太郎の気持ちは楽になった。

――何があろうが、すべては屁みてえなもんよ。

鶴松が、よく口にする言葉である。困難に陥った時、気持ちを落ち着かせる魔法の言葉だ。三太郎はそれを思い出し、前を向いた。

「はっ」

と声を出し、大岡に従うことにした。

松の大廊下を戻る形で、若年寄の御用部屋へと向かう。将軍と謁見した大広間を通り越し、奥まったところに老中、若年寄が詰める御用部屋があった。

「伊丹様をお連れしました」

襖《ふすま》の外から、大岡が声を投げた。

「入れ」

と声がして大岡が襖を開く。大岡は中には入らず、三太郎だけが足を踏み入れた。上座に、四十も過ぎたあたりで、髷《まげ》に若白髪混ざりの、でっぷりと太った男が、脇息《きょうそく》に体をもたれて座っている。

三太郎はなるべく近づかないようにと、三間の間を取って座った。背中は、襖にくっついている。

「そんなに離れんでもよかろう。もっと近《ちこ》う……」

若年寄が、手招きをする。三太郎は、半腰となって一間ほど間を詰めた。それ以上近寄れとは、言わない。三太郎はそこで、ひれ伏した。

「面を上げたらどうだ？」

「はっ」

三太郎は、仕方なく体を起こした。だが、顔はうつむき加減だ。

「何を怯《おび》えておる？」

畠山の、伊丹長宗を甚振《いたぶ》るかのような声音であった。

——まさか……どこまで知ってやがる？

三太郎の一番の懸念は、鶴松の成りすましである。もしや、それが露見していての、回りくどい咬《か》ませではないかと取った。その疑念を解くには、顔を上げ面と向かう以外にない。三太郎は、覚悟を決めた。

――おれは、やくざなんだぜ。

もとより、伊丹家などどうなってもかまわないという開き直りが、肚《はら》の底にある。

三太郎が、顔を上げたと同時に畠山が口にする。

「先だって、触れを出しておいた下屋敷の件だが……没収されるのではないかと、気を揉んでおるのであろう」

どうやら、若年寄畠山の矛先は、成りすましではないらしい。それに、回りくどい言い方は、下屋敷の件でもないようだ。狙いがどこにあるか、三太郎には分からない。

「使番から、異議申し立てがありそうだと聞いておる。ならば、この場で聞こうではないか」

下屋敷のことなら、何かあったらいけないと、三太郎に事の次第は告げられている。だが、答を求められても返せる立場ではない。即答は避けるとして、三太郎は再び畳に顔を伏せた。

「もう少し、考えさせてくだされ。そう、あと四日……」

四日もすれば、参勤交代で鶴松の代わりに出羽に向かっている途上だ。

――ここは、親分がどうにかするだろ。

その頃には、鶴松は出羽から戻っているだろう。後は野となれと、三太郎は逃げることにした。

「あい分かった。ならば五日に、わしの屋敷に伊丹殿直々《じきじき》に来られよ。わしの屋敷はどこか、分かっておるか？」

「いいえ」

顔を伏せたまま、頭を振る。

「鍛冶橋《かじばし》御門を入って、すぐのところだ。夕七ツに来られたし」

若年寄畠山の用件は、それまでであった。冷や汗を掻《か》いて、三太郎の役目は終わった。

三

藩邸に戻り、三太郎は家老の高川に、お城であったことを逐一語った。

若年寄畠山と目どおりした件に触れると、高川の顔は引きつって見えた。

「いったい、何を話した？」

三太郎は、そのままを語った。

「即答は避けたのだな」

下屋敷没収の件《くだり》では、余計なことは言わなかったと、高川はほっと安堵《あんど》の息を吐いた。そして、三太郎の話は、畠山家への訪問に入る。

「五日の夕七ツに、屋敷に呼ばれたのか。明後日《あさって》には、出羽に出立……」

「へえ。後は、親分が何とかしてくれると思いやして」

白帷子に長裃の正装を、三太郎は解いてはいない。だが、言葉はやくざに戻っている。

「………」

三太郎が返すも、高川は考えている。そして、眉根を寄せた顔を三太郎に向けた。

「おい、三太郎」

「へい」

「明後日は、参勤交代でお国戻りだ。五日に、誰が畠山様の屋敷に行くというのだ？」

「えっ？　親分が……」

と言ったまま、三太郎は絶句した。

その場凌《しの》ぎで言ったことが、大きな問題を含んでいたことに、三太郎は今になって気づいた。

幕閣が、大名の参勤交代を把握していないはずが無い。たとえ、畠山が知らなくても側近の誰かが気づくはずだ。

「その親分は、伊丹家の殿だぞ」

「そうでやした」

言って三太郎はうな垂れるも、高川は咎《とが》めはしない。

「そもそも、三太郎には責任の無いことだ」

三太郎を責めても、問題は解決しないと高川は心得ている。このへんは、鶴松の精神が植えつけられている。

「へい、すいやせんでした」

三太郎が、頭を大きく下げて詫《わ》びた。

「いいから、着替えてきなさい。ご苦労だったな」

再度頭を下げて、三太郎が部屋から出ていく。その姿を見送りながら、高川は考えに耽《ふけ》った。

せめて、鶴松が戻っていれば、対処は考えてくれるのだろうが。その鶴松は、七月中には戻るといってきているが、八月に入っても帰ってはいない。いつ戻るかも、その後の報せは無かった。

高川は、ハタと困った。

下屋敷の返却に関しては、鶴松の考えを聞いていない。

幕府から命じられていることが、高川の脳裏を過《よ》ぎる。

『――元の通り、御殿を建て直してから返却せよ』

その不服申し立てである。鶴松以外に、誰が畠山と応対出来よう。それと、三太郎に言わせると、畠山の用件はそれだけではないらしい。何か含みがあると。

高川の憂いは、もう一つある。もし鶴松が畠山と面談したら、三太郎の成りすましが露見するのは必定だ。いくら似ているとはいえ、多少は異なる。それよりも、声の違いはいかんともし難い。

高川の頭の中で、一つ結論が思い浮かぶ。

「殿も三太郎も、畠山様の屋敷に赴くことはできないってことか」

独り言のように、高川の口をついた。

幕閣との面談とあれば、代わりは利かない。

「……いったい殿は、どこで何をしている？」

困ったことになったと、誰もいない部屋を、高川が気を揉みながらぐるぐると回り始める。困りごとを考えている時の、高川の癖である。

「だったら、このわしが出向くしかないか。いや、それはできんな」

どうしよう、こうしようと、結論のつかない高川の独り言が、この後八月五日まで続くことになる。

高川が、ぐるぐると部屋を回っているその頃、鶴松たちは、まだ栗橋には渡れず中田の宿で燻っていた。

前日に降った大雨が、利根川の水位を上げた。普段は水深九尺の川が、一丈二尺の深さになり、川止めとなったのだ。

「――水が引くのは、三日ほどかかる」

宿の番頭から聞いて、鶴松たちは更なる滞在を余儀なくされた。今、鶴松の頭の中を過ぎる懸念が、一つだけあった。参勤交代で国戻りの出立は、八月の三日である。その前に戻り、身代わりとなる三太郎に伝えたいことがあった。三日の川止めとなると、日にちがかち合うことになる。

「ちょっと、間に合わねえかもしれねえな」

鶴松は、片岡に懸念を言った。

「でしたら殿、栗橋側《むこう》で待ったらどうです？　四日の夜は、栗橋に宿を取るでしょうから」

「それしかねえか」

三太郎とゆっくり話が出来るのは、栗橋宿でしか方法がないと鶴松も得心する。

八月四日の昼になって、川の水位も下がりようやく川止めが解除された。

足止めを食らった旅人が多く、両岸で渡船を待っている。茶舟が五艘で、ひっきりなしに往復している。旅人が渡りきったら、艀を浮かべると栗橋側から伝えがあった。

鶴松たちは、旅人が渡り終わるのを待った。ずっと対岸を見ているが、松越藩の大名行列が来ている気配はない。もっとも、宿場での滞在だけに、河原には現れない。いずれにしても、栗橋の手前まで来ているのは確かである。

夕七ツ頃になり、二十人の男たちの肩に担がれ、神輿《みこし》のように艀が運ばれてきた。筏《いかだ》のように、平たく丸太が組み合わされたものだが、川下に流されないような工夫がしてある。

全長五間と二尺、幅二間七尺の艀は八人の船人足たちの手により漕がれる。前方を太い縄で茶舟と繋ぐ。水先案内人の如《ごと》く、二人の船頭が乗った茶舟は水棹《みざお》と櫓《ろ》でもって、艀を引っ張る。方向を違《たが》えないためだ。艀には六人が乗り、皆下流側に一列に並んで櫓を漕ぐ。川の流れと人の力が一致すれば、艀は流されずに前に進める。四十間の川幅を渡すだけだが、それだけの労力が必要であった。

対岸から渡される艀を、鶴松たちは見やっていた。

「ずいぶんと、大掛かりなもんだな」

「左様で……」

鶴松の言葉に、片岡が応じた。

「……源内に考えさせれば、いい案が出るだろうに」

鶴松が考えていたのは、どのように米俵を積んだ荷車を、速く安全に渡せるかである。今の、人頼りのやり方では多大な労力と莫大な費用がかかりそうだ。その省略が大きな課題だと、鶴松は頭の中にしまい込んだ。

栈橋と同じ高さになった艀に、馬と荷車はそのままのせることが出来た。

中田宿に七泊し、荷車は対岸の岸に着いた。日が西に傾き、秩父《ちちぶ》連山の、一際山頂が尖《とが》った武甲山《ぶこうさん》の陰に落ちようとしている。

栗橋の宿場は、土手の向こう側である。

「もう着いてるだろうよ」

斜交《はすか》いに削られた土手の坂道を上り、堤に出ると栗橋の町が見渡せる。暮六ツが迫り、鶴松は宿場の本陣を目指した。

宿場の案内は、弥助がついている。迷うことなく、本陣の玄関先に着いた。

『松越藩伊丹様御宿』と書かれた看板が掲げられていたが、まだ到着した様子はない。藩主がいないのに入ることは出来ないと、鶴松たちは少し離れたところで到着を待った。

遠く、暮六ツを報せる鐘が鳴り、あたりは暗くなってきている。あと四半刻もすれば、夜の闇が訪れる。三日月の形では、地上に明かりをもたらさない。三人の中で、夜目が利くのは鶴松だけである。十五から十八までの三年、寺の縁の下で暮らしてきたことが、目力を強くしていた。

夜の帳《とばり》が下りた頃、街道を三十人ほどの一団が向かってきた。先頭に立つ二人の槍持ちと荷行李に抜かれた『桔梗《ききょう》』の家紋を見て松越藩の大名行列と知れた。

「ずいぶんと寂しい大名行列だな」

鶴松が、情けなそうに言った。

「普段でしたら、百名ほどの隊列になるのですが、山田殿も苦心して……」

「それ以上は言うな。財政逼迫《ひっぱく》は、俺のせいでもあるからな」

十万両が燃えなければ、贅沢な旅をさせてあげたのにと、鶴松は自らを苛《さいな》んだ。

大名駕籠は一台だけである。六人の陸尺《ろくしゃく》に担がれ、本陣の前に着いた。荷車を降り鶴松が駕籠に近づくと、警備で寄り添う家臣たちが驚く顔を向けた。

「殿……」

「しーっ」

口の前に指を立て、家臣たちの口を塞ぐ。鶴松は、閉まった駕籠の窓に向けて話しかける。

「三太郎、ご苦労だったな。川止めを食らって、戻ることができなかった」

「親分……」

窓が開き、三太郎が顔を出した。

「越谷《こしがや》の宿で、路銀が足りねえってすったもんだありやして、それで遅れてしまい……」

「まあ、いいやそんなことは。おめえと話したいことがうんとある。中に入って話そうじゃねえか。飯もまだなんだろう？」

「へえ」

鶴松と三太郎のやり取りの間に、本陣との折衝が済み宿の中へと入る。鶴松たちが乗ってきた荷車と二頭の馬は、博労《ばくろう》のところに預けられた。取り巻き五人と合わせ、九人が本陣泊まりとなる。その中に、警固役である徒組《かちぐみ》の横内も交じっている。他の家臣や人足たちは、脇本陣と旅籠で一夜を明かす。

鶴松たちは、行列の一行という立場で本陣に入った。部外者である弥助も、鶴松の許しで同泊となった。

四

夕食を、共にしていた時である。

弥助が、鶴松と三太郎の顔を交互に見比べている。勘の鋭い男である。言葉が無くても、すぐに事情を察したようだ。

「……影武者」

弥助の呟きは、誰の耳にも届いていない。中田宿に滞在の間、弥助に語ってあるのは、鶴松が博徒《ばくと》猪鹿一家の貸元で、二足の草鞋《わらじ》を履いていること。それと、出羽と盛岡に出向いた事情と経緯《いきさつ》である。弥助には、三太郎のことは語っていない。こういう事態になると、思わなかったからだ。だが、弥助は気づいていた。それを、鶴松の口から打ち明ける。

「弥助さん、そういうこった。事情は分かってくれるよな」

鶴松の言葉に、弥助は小さく笑みを浮かべてうなずく。

「それにしても、よく似ておられます」

弥助に向けて、いきり立ったのは徒組頭の横内である。脇に置いた大刀を握りしめ、腰を浮かせた。

「おぬし、このことを知ったからには……」

「まあ、待て、横内」

制したのは、鶴松である。

「この弥助さんはな、今後伊丹家にとってなくてはならないお人になる。武士ではないが、事業の番頭として迎え入れるつもりだ」

この七日の間に、すでに鶴松は、弥助を引き入れていた。

「左様でしたか」

横内は腰を落とし、刀を手から離した。

「横内様とやら。手前は絶対に他言いたしませんから、ご安心ください」

その後弥助は口を噤《つぐ》み、出された食事を頬張《ほおば》っている。

「三太郎、めしを食ったら話をしようか」

「へい」

黒羽二重《くろはぶたえ》の紋付に、金糸銀糸で織られた綸子《りんず》の袴を穿《は》いた藩主が、野袴《のばかま》を穿いた旅姿の下級武士に向けて、へりくだったように頭を下げている。奇妙な光景だが、この場で笑う者は誰もいない。

さすがに部外者には聞かせられないと、弥助を別の部屋で休ませ、鶴松は三太郎と向き合った。家臣重鎮の、片岡も同席させる。

「親分、会えてほっとしやしたぜ」

大きくため息を吐き、心の底から安堵した三太郎の面持ちであった。

「やはり、何かあったんだな」

「へい……」

と言ったまま、三太郎の言葉は止まった。

「いいから話しなよ。黙ってたんじゃ、何をしようにも、どうにもならんだろう」

鶴松の口調は穏やかである。こんな時、尋問口調で激しく詰め寄っても、相手は萎縮《いしゅく》するだけで、かえって口を噤んでしまうと、鶴松は心得ている。それでも三太郎は、語ろうともしない。

「そんなに、言いづらいことかい？」

「へい。話したところで、もう間に合わねえことでして」

「何があったか、早く言え！」

焦《じ》れた片岡が、怒鳴り声を上げた。

「まあ待て、片岡。三太郎だって、話してえに決まってる。だけど、恐ろしくて言えねえんだよな」

「へい」

頭を下げ、三太郎はうな垂れるだけだ。

「いつから三太郎は、そんな度胸のねえ男になっちまった。おめえも渡世人の端くれなら、天地がひっくり返ったって、驚きはしねえはずだぜ」

「実は親分……」

ようやく、三太郎が語る気になった。

「あっしは、とんでもねえことをやらかしちまった」

「何をやらかしたい？」

あくまでも、鶴松の口調は穏やかだ。

「一昨々日《さきおととい》の、八朔登城の時でやした……」

三太郎は、家老の高川に語ったように、千代田城であったことを漏らさず語った。そして、藩邸に戻ってからの、高川とのやり取りも。高川は、それで頭を痛めているとも。

一通り、三太郎の話を聞いて、鶴松が口にする。

「参勤交代で国帰りがあるのを失念して、若年寄の……なんだっけ？」

「畠山様……」

「その、畠山って野郎の屋敷に五日に行くことになってんだな。五日ってのは……？」

「明日ですな」

片岡が、眉間《みけん》に皺《しわ》を寄せ、困惑した表情を浮かべて言った。

「お殿様が国帰りじゃ、畠山のところに行こうと思っても行けねえな」

言ったまま、鶴松の顔が上を向き、腕を組んで考えている。そして、顔を戻すと三太郎に向けた。

「畠山に呼ばれてんのは、明日のいつ頃だ？」

「へい。夕七ツに来いと言われてまして……」

「だったら、充分間に合うじゃねえか」

「ですが親分、ここから江戸までは二十里近くありやすぜ。今から夜通し歩いてったって……」

「誰が歩いて行くって言った。今夜、ゆっくり寝てからだって、明日の昼には藩邸に着けるぜ。なあ、片岡さんよ」

鶴松は、話を片岡に振ると笑いながらのうなずきが返った。

「だが、俺が行くわけにもいかねえな。似てるけど、よく見りゃ三太郎とは違うところがあるだろう。成りすましが、幕閣にばれるわけにもいかねえ。そこをどうするかだ」

再び鶴松の顔は上を向き、考える素振《そぶ》りとなった。

「それと、参勤交代で既に三太郎は江戸を出てますし……」

片岡も、腕を組んで考え始めた。すると、同時に鶴松の顔が下がった。

「そうだ……この行列の差配をしているのは誰だ？」

「横内様のようで」

三太郎の返事を聞いて、片岡が立ち上がった。別部屋で控える横内を呼びに行く。

「ご用で？」

横内が、部屋に入るなり訊いた。

「明日も栗橋に宿を取れねえか？　三太郎を、江戸に戻すんでな」

理由《わけ》も語らず、横内に告げる。三太郎も、わけが理解できず、ポカンと口をあけている。

「明日、畠山と会ってもらおうと思ってな。やはり、三太郎が会わねえとまずいだろう」

「ですが、何を話していいのか……」

「それは、これから俺が指図する。どうせ、相手の言いてえことは分かってる。分からねえことを訊かれたら、しらばっくれてもかまわねえ。三太郎の、お城であった話を聞いててな、畠山の肚がはっきりと読めたぜ」

鶴松の顔に、不敵な笑みが浮かぶ。

「分かりやした、親分。度胸を決めやしたぜ。ところで、あっしは国帰りの途中でして……どうやって、言い訳を？」

「そんなのは、簡単だ。畠山様との約束を思い出して、戻って来ましたとでも言えば、相手だって気分がいいだろう」

「がってんだ」

「おい、三太郎。殿様なんだから、その言葉はよせ」

その後、夜遅くまでかけて、鶴松は三太郎に指示を授けた。

藩主が急病だと、横内が本陣と掛け合い、栗橋での滞留を一日延ばすことになった。

翌朝早く、東の空が明るくなりかけたころ、鶴松たちは出立する。三太郎が本陣を抜け出すときは、宿の者に知られぬよう細心の注意を払った。

江戸に向かうのは鶴松と片岡、そして弥助と三太郎の四人である。

荷車を預けてある、博労のところまで徒歩で行く。片岡が一人で赴き、厩舎から荷車を出してきた。

「早く乗れ」

不思議そうな顔をして荷車を見ている三太郎に、鶴松が小声でもって促した。

先に荷台に乗った弥助が、強張る袴に手こずり、あおりを跨《また》げぬ三太郎の手を摑《つか》んで引き上げた。

車輪が転がり始めたのは、明《あけ》六ツより四半刻ほど前であった。

江戸に近くなれば、人の通りが多くなりそんなに速くは走れなくなる。それを見越して、人の少ない田舎の道は、半刻で四里進む速度で距離を稼いだ。

前日一行が泊まった越谷宿を過ぎたあたりから、俄然人の通りが多くなってきた。速度も、半分ほどに落ちる。それでも、人が歩く倍の速さが保てる。日が昇り、朝五ツを報せる鐘の音が聞こえてきた。

ここまでは、順調である。そして、越谷から江戸日本橋までは十里にも満たない。手綱《たづな》を引いたり緩めたりして、速度を調節して行けば、正午までには江戸藩邸近くまで行けると踏んでいる。片岡の、荷車の手繰《たぐ》りもかなり上達している。

「昼までには、着けそうだな」

鶴松が荷台に振り向き、弥助に声をかけた。だが、弥助の顔は渋みを持っている。

「江戸に入ると、人混みでうまく動けなくなりますから。今の内、もう少し急いだ方がよいと思われます」

弥助から聞いて、片岡は手綱をしごいた。すると、二頭の馬は速足となる。草加《そうか》宿の手前、松原《まつばら》に差しかかったところであった。半刻で、四里進める速さで走っていた馬が、急に嘶《いなな》きを上げて立ち止まった。一頭は、何に驚いたか前脚を上げている。

「狸《たぬき》が横切ったみてえだ」

道の両側は雑木林がつづいている。そこに住む、狸や狢《むじな》が頻繁に道を横切る。その瞬間に出くわしたのであった。

片岡は手綱を手繰って馬を宥《なだ》めるが、前脚を下ろそうとはしない。

「馬を倒したら駄目だ！」

弥助が荷台から声をかけ、同時に飛び降りた。博労の宿の番頭だけあって、多少は馬の扱いを心得ている。

「どうどうどう……」

立ち上がった馬に蹴《け》られないよう、体を軽く叩いて慰める。やがて馬は落ち着きを取り戻し、浮かした前脚を地面に下ろした。

「これで大丈夫だ……おや？」

脚を下ろしたが、馬の動きがおかしい。

「脚を挫《くじ》いてますね。これじゃ、荷車を牽くのは無理ですな」

弥助が、首を振りながら言った。

「もう一頭は？」

「こっちは、大丈夫なようで。ただし、もう一頭は……」

「歩けそうか？」

「ゆっくりでしたら、なんとか。骨は折れてないようなので」

鶴松の問いに、弥助は答える。

骨が折れていたら、立ち上がることもできない。動くことも叶《かな》わず、大抵は殺処分となる。どうやら、そこまでではなさそうだと、安堵の息を吐く。

馬をこのままにはしておけない。怪我をした馬を荷車から離し、後ろに繋いだ。

「草加宿に行けば、馬を預けられます。そこで手当てをしてもらえば、助かるでしょう。代わりの馬を調達し……」

弥助のそのあとの言葉は、鶴松に届いていない。持っていた路銀は、八十両ほどあった。そのほとんどを、先の足しにしろと横内に渡してしまった。馬を取り替える金まで残ってはいない。

「とにかく、ゆっくりでも草加宿まで行こうじゃねえか」

後ろに牽く馬に負担がかからないよう、一頭で荷車を動かすと、人の歩く速さとなった。

五

草加の宿からは、馬一頭で荷車を牽く。

速度は遅くなるが、動かすのに問題はない。近距離ならば一頭でも、六十俵の米を運べる。人二人ならば、空荷と同じだ。改めて、源内の才覚を鶴松は感じていた。

「……源内《あいつ》は、この国の宝だ」

思わず、呟きとなって出た。

江戸に近づくにつれ、日光道中の人の通りは多くなった。荷車の大きさが、この先の行く手に支障をきたすことになる。

千住宿に入ると、水戸《みと》街道と合流する。人の賑《にぎ》わいが更に増し、荷車の進みを拒む。半刻で、十町進めるかどうかの速さとなった。

千住大橋の手前まで来たが、お天道様は真南に昇り、正午を報せる鐘の音が聞こえてきた。

伊丹家上屋敷までは、おおよそ三里弱といったところだ。

「充分、間に合うな」

鶴松の算段だと、昼八ツまでには着けるとみている。

「そうでもないですぞ」

鶴松の、頭の上から声が聞こえた。弥助が話しかけてきたのだ。

「厄介なのは、浅草に入ってからです。花川戸《はなかわど》までの馬道から蔵前《くらまえ》通りは、一際人の通りが多いですからな。このままですと、昼八ツまでに築地に行けるかどうか……」

弥助が、江戸の土地勘に鋭いところを示す。

上屋敷に寄って、三太郎の体裁を整えなければならない。八ツまでに着けなければ、鍛冶橋御門の畠山の屋敷に行くのに余裕が無くなる。

その三太郎は、荷台から顔を出すなと言われ、あおりの陰に顔を引っ込めている。板の隙間から外が見えるので、退屈はしてなそうだ。

荷車の他に、行く手段を考えた。三太郎独りで行かすわけにもいかず、鶴松がついて行くことにして、歩きでは間に合わない。すると、千住から舟か町駕籠という手がある。だが、肝心な三太郎に致命的な弱みがあった。

「あっしは、舟とか駕籠に乗るとすぐに酔っちまいますんで」

「川舟でもか？」

「ええ。ああいう揺れる物に弱いものですから。この荷車も、どうかと思ったんですがそんなには揺れが少なく、てえしたもんですな」

大名駕籠みたいに、ゆっくりと動けば大丈夫なのだが。やはり、ここは最後まで荷車で行くしかない。それだけでも、優れた荷車だと、鶴松は思った。

なんとか浅草《あさくさ》花川戸の辻までは、来ることができた。お天道様は、少し西に傾いている。

「もう、九ツ半になるでしょうな。これでは、とても間に合いませんぞ。うっかりすると、築地に着くのが夕七ツ……」

「ちょっと待ってくれ弥助さん」

弥助の言葉を、鶴松が止めた。

「吾妻橋を、渡ろう」

鶴松は思い出した。八年ほど前まで、浅草界隈の寺の縁の下を住処《すみか》にしていたのを。そして、浅草を追われるように隅田川を泳いで、北本所へと渡った。その時堤から見た光景が、鶴松の瞼《まぶた》の裏に残っている。

「大川の土手なら、速く走れる」

途中、両国橋の東詰め、回向院《えこういん》あたりで賑わいがあるが、迂回《うかい》する道はある。

「それは、名案で」

弥助の声が返り、片岡は花川戸の辻に差し掛かると、馬の鼻を東に向けた。その先に、吾妻橋が架かっている。渡り賃二文のところを、一朱金を払ってすんなり渡ることができた。

大川の堤沿いは、人の行き交いがほとんどない。まっしぐらに、南に向かう。馬も、心地よさそうに脚を速める。右手に両国橋が見え、道は回向院の参道に当たる。そこも、祭りのような賑わいが予想され、迂回する道を取った。回向院の裏手から、元禄《げんろく》の頃にあった、赤穂《あこう》浪士の討ち入りで知られる、吉良上野介《きらこうずけのすけ》の屋敷があった本所松坂《まつざかちょう》町を通り、竪川《たてかわ》に突き当たる。そこを右に折れ、本所相生町《あいおいちょう》から大川の吐き出しに架かる一《ひと》ツ目之橋《めのはし》で竪川を渡り、再び大川の堤を走る。

「この先、新大橋《しんおおはし》を渡ればいいでしょう」

明るい見通しに、片岡の手綱捌《さば》きも軽快である。吾妻橋を渡ったところから、たった四半刻たらずで竪川を渡ることができた。

上屋敷に着くのに、昼八ツは過ぎるだろうが、そこから畠山の屋敷までは半刻あれば充分だ。見通しが立つと、これほど気が休まるものはない。

大川と並行した道は、やがて新大橋をとらえる。橋を渡れば、そこは浜町の武家屋敷町である。

鶴松は、新大橋をいく度も渡って、浜町河岸には土地勘がある。

「武家屋敷の中を通るけど、道幅は充分だ。人の通りも、ほとんど無いしな」

人通りの少ない新大橋を、荷車の車輪がガラガラと音を立てて渡る。西岸は、武家屋敷の、土塀や築地塀が連なり、閑静な佇《たたず》まいを醸し出している。

武家屋敷の道は鍵状に折れ、三つほど辻を曲がり浜町堀へと出た。川幅四間に、組合橋《くみあいばし》という小橋が架かる。その手前に来たところであった。

橋向こうに、十人ほどの隊列が見えた。千代田城登城からの、帰館と思える。二人の槍持ちを先頭に、四人の陸尺が担ぐ腰網代《こしあじろ》駕籠。それを四人の警固侍が囲む。高貴な、幕府要人と見て取れる。

組合橋を挟んで、鶴松の一行と隊列が向かいあった。道を譲れば問題ないが、道が狭く小回りが利かず、荷車を引き返すことができない。

相手は、幕府のお偉方だ。もとより、道を譲ろうといった気配は微塵《みじん》もない。迂回をすればよいのだろうが、真《ま》っ直《す》ぐ進むと浜町堀は大川の吐き出しである。道もそこで途絶え、引き返すことが容易でなくなる。

中間《ちゅうげん》の形《なり》をした槍持ちが一人、槍を抱えて橋を渡ってきた。

「どけ！」

と一言槍持ちの、有無を言わさぬ、高飛車なもの言いであった。

「ご覧のとおり、荷車が大きくて引き返しが利かねえ。あんたらの方が、ちょっとどいてくれたらありがてえんだが」

鶴松が、物怖じをせずに返した。どんなにお偉方であろうが、見た目で人を判断しないというのが鶴松の信条である。

「何を無礼な。あのお方を、どなたと心得る？」

「知らねえな。それよりこっちは先を急いでるんだ。そんな問答をしている暇はねえ。ちょっと、道を譲ってくれるだけでいいんだ」

しばらく両岸で対峙《たいじ》していると、遠く昼八ツを報せる鐘の音が聞こえてきた。

竪川を渡ってから、四半刻が経っている。すんなりと渡っていれば、霊巌島あたりまで行けているだろう。築地の上屋敷は、もう目と鼻の先だ。

だが、相手がどいてくれる気配はない。このままだと、時が過ぎるだけでやがては日が暮れてしまう。

「いったい誰だい。駕籠の中の野郎は？」

滅多に怒らぬ鶴松だが、焦りが口調を荒くした。すると、槍持ちが答える。

「あのお方はな、幕府御要人の大目付様であるぞ」

「大目付ってのは、大名を見張ってるって奴か？」

「ああ、そうだ。おまえらのような下級武士が逆らったところで、とても太刀打ちできる相手じゃねえ」

主《あるじ》の高飛車を、槍を代わりにして担いでいる中間であった。

「その、大目付様の名はなんていうんだ？」

鶴松は、おおよそ分かっていたが、あえて訊いた。

「誰だっていいだろう。おまえらに名乗ったところで、どうなるもんでもねえ。かえって、恐れ慄《おのの》き座り小便《しょんべん》でも漏らすのが落ちだ」

「そうかい。ずいぶんと、立派な口を利くご家来を持って、大目付の右京もさぞやご満悦だろうな」

「えっ？」

名を呼び捨てにすると、槍持ちが驚く顔を見せた。そこに、警固侍の一人が橋を渡って来るのが見える。その顔に、鶴松は覚えがあった。

「早く、橋を渡らせてくれねえかな、天野《あまの》さんよ」

鶴松が、声を投げた。すると、天野と呼ばれた男は橋の中ほどで半回転すると戻っていった。

乗り物の中にいる大目付は、小笠原右京という。先だっての賭場《とば》開帳の折、儲《もう》けを、根こそぎ奪おうと欲をかき一策謀《はか》った。だが逆に、鶴松にやり込められて、今では子分といった立場である。鶴松には、頭が上がらないはずだ。天野は、小笠原右京の側近で、鶴松のよく知る男であった。

「あんな仰々《ぎょうぎょう》しい隊列、まさか大目付のものと思わなかったぜ」

鶴松が、片岡に話しかけた。

「まったくで。大名より下の身分のくせして、ずいぶんと居丈高《いたけだか》ですな」

片岡も怒り口調となったところで、橋の向こうの隊列が一列となって道の端に寄った。

荷車が動き出し、組合橋を渡る。

乗り物の窓が開いている。その中に、小笠原右京の頭が下がった姿があった。うな垂れているのか、鶴松に敬意を払っているのか分らない右京に、鶴松は荷車を止めて話しかける。

「右京よ、俺は今どえらく急いでるんでな、すまなかった」

そう告げると、荷車が動き出した。

「つまらねえところで、足留めを食っちまった。ちょっと、急ごうかい」

すると荷車が、いく分速度を増した。

浜町堀の組合橋を、鶴松たちが渡ったその頃。

江戸藩邸にいる家老の高川監物は、猛烈な不安に苛まれていた。鶴松たちが、どういう状況になっているか、まったく分からずにいる。先に届いた報せでは、七月うちに帰ると一通あっただけだ。その後、何の報せもない。八月も五日となり、この日の夕七ツ、若年寄の畠山から屋敷に来るよう呼ばれている。相手は、老中に次ぐ幕閣である。反故《ほご》には出来ないのが、弱小大名なのだ。

それまでに鶴松は戻ると、高川は高を括《くく》っていた。鶴松が戻れば、何とかしてくれると。だが、昼八ツを報せる鐘が鳴っても、戻る気配がない。こうなると、やることは二つに一つである。

「わしが行くか行かぬかの、どっちかだ。肚を決めんといかんな。よし！」

高川は、気合を一つ入れると、熨斗目の入った小袖に着替えた。上下同色の裃の正装を纏い、身形を調える。そして腰に一鞘、脇差よりも短い、鍔《つば》の無い小さ刀を差した。

畠山に、無礼を詫びるつもりで赴く。

「わしに出来るのは、こんなことくらいだ」

周囲に人は無く、高川が口にするのは、独り言である。徒歩では格好がつかぬと、高川は乗り物を用意させた。

築地の藩邸から、桜川《さくらがわ》通称八丁堀沿いを西に真っ直ぐ向かい、外濠に架かる橋が鍛冶橋である。距離にして、半里も無い。

高川の用意が調い、出立となった。日の傾きからして、八ツ半も四半刻ほど過ぎている。

「急がせれば、充分に着くな」

鶴松が戻るのを、ぎりぎりまで待ったが、まったくその気配は無い。

「そろそろ行くか」

四人で担ぐ、乗り物が地面から浮いた。

「……腹を斬るのは、畠山様の庭を借りよう」

高川の呟きは、誰の耳にも届いていない。

鍛冶橋を渡ると、『鍛冶橋御門』と呼ばれる江戸城外郭門がある。門番が立ち、ここで尋問されて引っかかれば、畠山との目通りに間に合わなくなる。

「御門があったか。ならば、もう少し早く出るのだった」

乗り物の中で、高川が後悔する。焦燥が、汗となってこめかみから一筋滴《したた》り落ちた。

「南無八幡《なむはちまん》……」

高川が、祈る気持ちで手を合わせると、駕籠は止まることなく鍛冶橋御門を通り過ぎることができた。

内濠《うちぼり》の一つ手前の、大名小路《だいみょうこうじ》を右に曲がれば畠山の屋敷があると聞いている。壮大な大名家の上屋敷が、塀を並べる界隈である。伊丹家の上屋敷など、足元にも及ばぬ威厳に、高川の竦みは一段と増した。死の覚悟も絡《から》み、全身の震えが止まらない。

「こんなことではいかん。落ち着け」

必死に、自らに言い含めるも、震えは悪寒となって全身を襲ってきた。

「着きました」

前棒の陸尺の声が聞こえるも、高川の足の竦みは収まらない。

「——どうしたい、ご家老？　高川さんらしくねえな。たかが、若年寄ごときを相手に、そんなに怯えることはねえだろうよ」

耳に、鶴松の叱咤《しった》する声が聞こえてくる。

「殿。拙者をこれほどの目に遭わせるのは、あんたですぞ」

言い返すも、独りごちである。

「――そんなに、酷い目か？　まだ、何も起きてねえってのに、ご苦労なこった」

考えると、まだ何も起きていないのだ。畠山と会ってすらいない。最悪の事態を想定するのは、まさに勝手読みである。そんなところで竦んでいる自分を、鶴松があざ笑っているかのように、高川は思えた。すると、全身から悪寒が消え、震えが止まり、額《ひたい》から流れる汗が一気に引けるのを感じた。草履を調え、足をかけても竦みはない。

「今夕七ツに、若年寄畠山様と目通りをする……」

乗り物から降り、高川は門前に立つ門番に声をかけた。

「伊丹様でござりますか？　少々、お待ちを……」

門番には、話が通っていた。すぐに、迎えの家臣をよこすと告げて、邸内に入っていった。そして間もなく、夕七ツを報せる捨て鐘が、三つ早打ちで聞こえてきた。来訪の、伝えが通れば約束の反故とはならない。

「間に合ったか」

ほっと安堵の息を吐き、高川は門番が戻ってくるのを待った。

「伊丹様、どうぞこちらへ……」

若い家臣が外に出てきて、高川を邸内へと入れた。

長い廊下を、家臣から二歩引いて高川が歩く。八万石の大名を兼ねる若年寄の畠山は、次期老中と目される人物と聞いている。そんなところに怯えがあったのだが、今は嘘のように萎縮はなくなっている。

やがて家来の足は止まり、立ったまま襖を開けた。客間のようで、一方の壁に床の間が設《しつら》えてある。

「こちらで少々お待ちを……」

下座に敷かれた座布団に、高川は正座をして畠山が来るのを待った。一間半の間が取られ、そこに座布団と脇息が備えられている。

やがて、ガラリと音を響かせ襖が開くと、でっぷりと太った畠山が入ってきた。対座に座ると、畠山の表情が一変した。額に皺を寄せ、顎が二重となって引け、訝しげな顔となった。

「おや？　伊丹殿ではないな」

つい四日前に、成りすました三太郎と面談したばかりである。畠山が、三太郎の顔を忘れるわけがない。

「どうした伊丹は？　なぜ、来んのだ？　そなたは誰だ？」

矢継ぎ早の問いが、高川に向けて飛んだ。

六

話は、少し前に遡《さかのぼ》る。

高川の乗った駕籠が、鍛冶橋御門を通り抜けたところで、三太郎の乗った荷車は外濠の手前にあった。

浜町の武家屋敷町で、小笠原と対峙したことで、余計な時を食ってしまった。

「――藩邸に寄ってたんじゃ、間に合わねえな」

幸いにも、三太郎の形は普段着にあらず。黒羽二重紋付に、ごわごわとした綸子の袴である。若年寄と面談する体裁としては、合格である。築地の藩邸に寄って、高川からこれまでの動向を聞こうとしたが、その暇は無くなった。そこで、直接畠山の屋敷に赴くことにした。

日が西に傾き、八ツ半ごろとなっても、荷車は浜町の武家屋敷町を抜け出せないでいた。大名、旗本、御家人が住む浜町一帯の道は、迷路のように複雑で、通り抜けるのに苦労を要する。それが大きな荷車とあれば、なお更の難儀をもたらす。道幅が狭かったり、突き当たりもある。荷車が通れる広さがある道を選んでいたお陰で、方向を見失った。

ようやく浜町から抜け出すことが出来たが、そこは日本橋川の堤で、小網町《こあみちょう》という町名がつくところであった。右を向いても左を見ても、渡れる橋は近くにない。

「どこだい、ここは？」

鶴松も片岡も、まったく土地勘の無いところであった。夕七ツが迫っている。

魚網を干す、生臭い臭いが漂う。

「この臭いは、小網町ですな」

弥助の一言に、救いを感じる。

「ここに出れば、ある程度分かります。片岡様、右に道を取ってください」

それからは、言われた通りに片岡は手綱を手繰った。そして、魚河岸を見ながら日本橋川沿いを行くと、やがて外濠に当たった。日本橋川に架かる一石《いっこく》橋を渡り南下すると、すぐに呉服橋《ごふくばし》御門が見えてきた。次に架かる橋が、鍛冶橋である。

ようやくの思いで、鍛冶橋の手前に辿《たど》り着いた。

「この先は、行けませんな」

片岡が、手綱を引いて馬を止めた。

「なんでだ?」

「橋の向こう側は、鍛冶橋御門。この荷車が通り抜けるには、必ず調べを受けるでしょうな。少なくとも、半刻は足留めを食らう」

「それは、まずいな」

日光道中の房川渡中田関所では、なんとか切り抜けることが出来たが、ここは将軍家のお膝元で、防御の拠点である。見るからに怪しい荷車とみなされ、そう簡単には通してくれそうもない。

「さてと、どうするか……と言って、考えてる暇もねえな。だったら、こうしよう」

三太郎と弥助を近くに呼んで、鶴松が考えを口にする。

「俺と弥助さんは、荷車の番をする。片岡は、三太郎についていってくれ。三太郎には、ある程度対処を言い含めてある。足りない分は、気転を利かせてやってくれ」

充分な打ち合わせなど出来る余裕は無い。あとは、片岡と三太郎がどう対処するか、鶴松は一か八かの賭けに出た。

片岡と三太郎が、歩いて橋を渡る。そして、鍛冶橋御門の中に入ったところで、時を報せる捨て鐘の、早打ちが三つ聞こえてきた。

荷車を道の端に寄せ、鶴松は二人の戻りを待つ。自分が行けないもどかしさを痛切に感じ、唇を噛《か》み締めじっと堪《こら》えた。

夕七ツの本撞《ほんつ》きの、五つ目が鳴ったところで片岡と三太郎は、畠山家の屋敷の前に立つことができた。時の鐘が撞き終わるまでは、刻限内とされる。

「どうやら、ぎりぎり間に合ったようだな」

ほっと一息ついて、片岡が門番と掛け合う。

「伊丹家当主が来たと、畠山様にお伝えくだされ」

「なんと、伊丹様だと？　伊丹様なら、先ほど既に来ておるわ」

「なんですと！」

片岡の、驚きとも困惑ともつかぬ、複雑な表情が門番に向いた。

「ちょっと待ってくれ」

門番が、もう一人の門番に駆け寄り話をする。その話し声が、片岡の耳にも入る。

「大名が、乗り物にも乗らんで、歩いてくるはずもなかろう。先の伊丹様は、ちゃんとした駕籠で来たしな。これは、偽者ぞ」

門番の持つ六尺の寄り棒が、カツンと石畳を打った。

「偽者ではない。こちらが伊丹備後守……もしや？」

実際は偽者だが、偽者ではないと言い切る片岡に、うしろめたさは微塵も無い。

「先に来た御仁《ごじん》は、どんなお方であった？　例えば、御齢《おとし》は四十半ばとか。それと、額に三本皺が刻まれ、神経質そうな痩せ顔で、狐《きつね》に似てるとか……」

高川の特徴を、片岡は思い浮かべながら言った。

「左様。そのようなお方であった」

「やはり……」

家老の高川であるのは間違いないと、片岡は確信する。

「それは、伊丹家江戸家老の高川監物。そして拙者は、江戸留守居役の片岡彦兵衛と申す。このお方が、藩主伊丹備後守……」

と言ったところで、片岡の口が止まった。脇門が開き、畠山の家来が一人出てきたからだ。

「伊丹様が腹を召した。邸内に、誰も入れるなとのご命令だ」

家来は慌てているのか、片岡と三太郎に気づかず門番に告げた。聞こえた片岡と三太郎の顔が、一瞬にして真っ青に変わった。

「津山《つやま》様、この方たち……」

門番が狼狽《ろうばい》した様子で、津山という家来に告げた。

「何だと！　おぬしたちは伊丹家の……？」

「左様。当主と拙者は江戸留守居役の片岡と申す」

片岡が、気丈にも津山に言葉を向けた。いく分震えを帯びるが、口調ははっきりしている。

「となると、腹を……？」

「おそらく、当家の江戸家老と思われます。こちらが伊丹家当主……事情《わけ》がありまして、このような次第に」

三太郎の脚の震えが、カタカタと石畳を鳴らす。それでも、気丈に言葉を発す。

「畠山様に、目通り願おう。夕七ツに呼ばれているのだ」

三太郎が、度胸を決めたようだ。自分もうろたえてはならぬと、片岡も声を飛ばす。

「殿が申しておる。門を開けてくれ……いや、開けろ！」

その気力に押されたか、乳鋲《ちびょう》が打たれた重厚な門がゆっくりと開いた。玄関までの取り付きに、伊丹家の家紋が入った網代駕籠が置かれ、四人の陸尺が所在なさげにしている。高川の自刃は知らされてなさそうだ。

「津山とやら、家老高川のいるところに案内してもらおう。そして、亡骸《なきがら》を連れて帰るといたす。畠山様との面談どころではなくなった」

三太郎の、きっぱりとしたもの言いに、驚いたのは片岡であった。いつの間に、こんな威厳を身につけたのだと。そんな表情が、顔に表れている。

「ここでお待ちを。今、取り次いでまいります」

立っているのは、玄関先である。片岡と三太郎を待たせ、津山は御殿の中へと入っていった。

「ご家老様が、切腹。信じられやせん」

「ああ。拙者だって、信じたくはない。だが、津山という家来の慌てふためきぶりを見ると……残念だが」

片岡の肩が、ガクリと落ちた。

「片岡様、まだご家老様を見たわけじゃねえんでしょ。ガックリするのは、あとでもいいんじゃねえですか？」

「三太郎……」

「俺は、鶴松親分の成り代わりだ。ご家老様のことを聞いたときは、いっとき脚が震えやしたが、親分ならここは踏ん張って耐えると思いやして」

「そうだな。うろたえた拙者がみっともない」

片岡が、気を持ち直したところで、津山が戻ってきた。

「殿が会うと申しております。どうぞ、ついてきてくだされ」

津山の後ろに、三太郎がついた。そのすぐあとを、従うように片岡が歩く。その足取りに、よろめきは無い。

「まずは、殿にお会いくだされ」

客間を前にして、津山の脚が止まった。

襖を開けると、でっぷりと太った畠山の姿がまずは目に入った。一間半離れて、座布団が置いてある。

「おう、伊丹殿……まあ、座られよ」

言われて三太郎は、座布団に正座をした。その背後に片岡が座る。

「この者は、伊丹家江戸留守居役の片岡と申します。ところで畠山様、家老の高川を引き取り、すぐに藩邸に戻らせていただきたいのですが……」

「ご家老が、どうしたと?」

「こちらで、腹を召したとのこと。ご迷惑をおかけいたしました、この通り……」

詫びて三太郎は、畳に手をつき頭を下げた。片岡も、同じ所作で詫びる。

「何、腹を召しただと。誰がそんなことを言った？」

「津山殿というご家臣が……」

「左様か……おい、誰か」

言って畠山の顔が、隣部屋の襖を向くと声を投げた。すかさず、襖が開き家来が顔を出した。

「伊丹家のご家老を連れてまいれ。もう、起きてるだろう」

「はっ」

一言返し、家来が廊下を歩いていく。

「少し前に高川が来てな、おぬしは伊丹殿ではないと尋問した。成り代わりとは言語道断、そして伊丹家をこてんぱんに詰《なじ》った。ちょっと言いすぎだったかと思ったところで、高川が立ち上がった。障子を一枚開けると、中庭でな。そこに飛び降り、小さ刀を抜いて切腹の構えを取った。騒ぎを聞きつけ、うちの家来が近寄ると刀を奪い、当身をくれたってわけだ。なので、気を失ったが死んではおらん。別の部屋で休ませているところだ」

「ですが、津山殿は腹を召したと血相を変えて門前に……」

「それは、津山《やつ》の聞き違いであろう。普段から、早とちりする男でな。既《すで》に腹を斬ったと、思い込んだのだろう。迂闊《うかつ》な奴よ」

笑い混じりで、畠山が言った。

「笑いごとではないですぞ。こちらは、心の臓が止まるほどだった」

「それは、すまぬことをした」

三太郎の苦言に、畠山は素直に頭を下げた。

津山の早とちりが無ければ、畠山に会えなかったかもしれない。会えたとしても、相当に立腹していただろう。だが、今は笑いを浮かべるほど、機嫌は良さそうだ。それが、むしろ良い方に転がっていると、片岡と三太郎は肌で感じとっていた。だが、油断は禁物である。本題に入り、どんな難題が持ち出されるか、まったく分からない。

七

しばらくして、足音が聞こえてくると部屋の前で止まった。

「お連れしました」

と、声が聞こえ、

「いいから入れ」

と、畠山が返した。

襖が開き、入ってきたのは高川一人であった。下座に座る三太郎と片岡を見て、仰天している。三太郎と片岡は、目を潤《うる》ませながら高川を見やる。

「……よかった」

三太郎が、呟きを一つ漏らした。

「伊丹殿の、隣に座りなされ」

畠山に言われて高川は、三太郎と並んで座った。

「さて、どんな経緯でこんなことになられた？」

まだ、高川からは、何も聞いていない。また、高川も経緯を察していない。だが、畠山の問いは、高川を責めたような尋問口調ではなかった。

「不徳はみな、身共が……参勤交代の国帰りが二日後に有るとも失念し、畠山様との面談を承知してしまいました。もう、我が藩はまったく金が無くて、どうしようかと頭の中はそっちの方ばかりで。実は、下屋敷の件を詰められるかと思い、参勤交代を盾に、逃げ出したのであります」

「それを殿から聞いて、身共がなんとかしますから、殿はお逃げなさいと煽《あお》ったのは身共であります。それで、身共が若年寄様と目通りを願った次第」

「ですが、やはり逃げるは卑怯《ひきょう》なり。今、一行は栗橋の宿にありまする。そこに一泊長居させ、自分と片岡だけ戻り、畠山様との面談をするつもりでありました」

「拙者は、栗橋宿までお供をし、殿を見送ったあとに、江戸藩邸に戻るつもりでありました」

三太郎、高川、片岡と交互に語る。畠山は首を動かし、それぞれの話に顔を向けて聞いている。

「左様であったか。栗橋まで行ってて、よく戻られたな、伊丹殿」

「はっ。約束は約束、それと逃げたとは恥ずかしい。その一念で、戻ってまいりました。それでは、改めて畠山様の話を伺いましょう」

三太郎の毅然《きぜん》とした態度に、驚いているのは高川と片岡である。

まるで、鶴松が乗り移ったような錯覚を覚えた、両者の表情であった。


上半身が重いか、脇息に体を支えて畠山が語り出す。

「深川の下屋敷が焼けたのは知っている。しかし、それを幕府に届け無く、更地にしたのは何故《なにゆえ》にじゃ？　何か、うしろめたいことでもしていたのではあるまいな」

高川自刃の騒動が無かったように、畠山の問いが三太郎に向いた。想定されていた問いとはいえ、三太郎が答えるには難問である。

「うしろめたいことと申しますと……？」

三太郎は、動じることなく逆に問いを発した。

「それはその、なんじゃ。かなりな大儲けをしたという話が、わしの耳に入ってな……」

「はて、大儲けとはいったい……？」

段々と、畠山の本性が分かってきた。それと共に、三太郎の落ち着きぶりは根強くなってきている。

「惚けんでもよかろう。賭場を開いて、十万両がほど稼いだと聞いておる」

「誰がそんなことを申したか存じや……いや、存じませんが、中間たちの小便《しょんべん》博奕に、そんな大それた金が動くわけはございません。おそらく、誰かが垂れ流した、噂《うわさ》でございましょう」

惚けられるだけ惚けろと、鶴松から言われている。それに対して、畠山からのつっ込みは無い。富豪たちも、身内の恥を晒《さら》したくないと口を噤んでいるとみえる。その筋からの、露見は無さそうだ。そして更に、三太郎は言葉を添える。

「先ほども津山殿とやらが、高川が自害したと思い込み、早とちりされたのでございましょう。まったくそれと同じこと……もしや、若年寄様？」

三太郎が一膝乗り出し、畠山の顔を窺《うかが》うように問う。

「なんだ……？」

むしろ、畠山の方が怖気づく表情を浮かべた。

「下屋敷を返却しろとは別腹に、今話に出た十万両を欲しがっているのではございませんか？」

「………」

畠山の答はない。それに構うことなく、三太郎の話が続く。

「だとしたら、大変な思い違い。今しがた申したように、我が伊丹家にはまったく金がありません。そりゃ百や、二百両ほどはございますが……」

調子に乗って余計なことを言ったと、三太郎は自戒し言葉を止めた。だが、畠山に反応は無いので、三太郎は更に調子に乗った。

「そんなことで、参勤交代の供揃えも百人から三十人に減らしたのですが、路銀が出羽までもつかどうか、いささか心配で……よければ、お貸し願えますか？」

「金が無いのは分かったから、もうよい。ならば、何故に下屋敷を勝手に更地にした？」

「焼けて、きな臭いところに、若年寄様は住めますか？　それに、粗相《そそう》がみっともなくてそのままにしておけんでしょう。そんなんで、出入の鳶《とび》に頼み、格安で更地にしたってわけで。それにつけて、幕府に届けもせず更地にしたのはこちらの落ち度で、謹《つつし》んで謝ります。この通り……」

三太郎が、畳に手をついて詫びる。その所作に、高川と片岡も倣《なら》い深々と頭を下げた。

「更地にしたのは、もう咎めはせぬ。だがそこに、何を建てようとしていた？」

「何を建てようとはって、下屋敷の御殿に決まっているではございませんか」

「金も無いのに、如何《いか》にして御殿を建てると申す？」

「それは、今すぐにというわけにはいきません。五十年後か百年後、伊丹家の子孫の誰かが……」

「分かったから、もうよい。実は、伊丹家では下屋敷を更地にして、何か儲け仕事を企《たくら》んでいるとの噂を耳にしてな……」

「また、噂ですか」

三太郎が、畠山の話を呆れ口調で止めた。

「若年寄様は、よほど噂話がお好きなようで。こんなつまらぬ話でお国帰りを呼び止められたとは、まったく遺憾でございまするな」

三太郎は、ありったけの皮肉を込めた。

「一日栗橋での逗留《とうりゅう》が増え、余計な出費になってしまいました」

ここらあたりで切り上げようと、三太郎は駄目を押した。これで、解放してくれるだろうと、伊丹側三人は思った。

「あい分かった。下屋敷の件はそれまでとしておこう。ところで伊丹殿……」

「はい」

「おぬし、本当に伊丹備後守であるか？」

「はっ？」

畠山の、思ってもいなかった問いに、三太郎の心の臓がドキンと高鳴りを打った。思わず隣に座る高川の顔を見やった。すると、額の皺が一本増えている。同じ思いでいると、三太郎は取った。顔を向けているついでに、高川に話しかける。

「高川……」

「はっ」

「この若年寄ってお人、どこまで人を勘ぐるのがお好きなんでしょうな？」

「まったく、然《しか》り……」

三太郎の問いに、高川が大きくうなずく。

「違うと申すのか？」

「呆れ返って、答える気にもなりません」

正々堂々、三太郎の毅然とした態度が畠山に伝わる。

「これも、つまらぬ噂話であったようだ。引き止めて済まなかったの。それでは、道中気をつけて松越に帰りなされ」

畠山の言葉で、ようやく解放《ときはな》しとなった。

「良かったですな、ご家老様」

三太郎が、安堵の声を洩らした。

「……ご家老様だと？」

畠山の呟きを、三人は聞き逃す。

第四章　大富豪大名への道

一

待たせていた乗り物には、当然三太郎が乗る。

西日がかなり傾いている。夕七ツ半は過ぎているだろう。畠山の屋敷には、半刻ほどいたことになる。

「鍛冶橋御門の向こうで、本物の殿が待っていますぞ」

大名小路の道すがら、片岡が高山に話しかけた。

「それにしても三太郎、本当の殿と見紛《みまご》うたぞ」

「まったくで。恐ろしいほど、よく似てましたな」

「まるで、殿の魂が憑依《ひょうい》したかのようだったの」

「ご家老も、そう思いましたか」

「ああ。しかし、あの度胸と振る舞い。なんだか、三太郎の方が頼りになるのではないかのう」

高川の話が、乗り物の窓を通して三太郎の耳に入った。

「とんでもありませんぜ、ご家老様。あれは全部、親分から授けられた言葉でして。必ずこう訊《き》かれるから、こう言い返せと。畠山の問いは、全部的中してやしたぜ。あとは、おめえの度胸がどこまで通用するかにかかっているって言われやしてね、あっしは、むしろそいつを恐ろしく感じてやした」

駕籠《かご》の中から、三太郎の話が聞こえ、高川と片岡が立ち止まった。同時に、乗り物も止まる。

「ならば、殿との成りすましのことは……？」

高川が、近づき小声で訊いた。窓は閉まったままで、簾越《すだれ》しの話である。

「あれは、おいらの即興ですぜ。分からないことを訊かれたら、親分は腹の底に力を込めて相手になれと。間違っても、臭《くせ》え顔はするなと。てめえも、やくざの端くれなら肚《はら》を決めろと、栗橋の宿で言われました」

「左様であったか」

高川が返すと、乗り物から離れた。同時に、駕籠が動き出す。

鍛冶橋御門を通り抜け、外濠《そとぼり》を渡るとそこは大江戸の町屋である。濠端に植わる柳の下に、馬に繋《つな》がれた荷車があった。

「あれは、もしや……？」

遠目で荷車が目に入り、高川が片岡に話しかけた。

「図面に描かれた荷車か？」

「左様で。拙者《せっしゃ》が出羽から手綱《たづな》を引いて参りました。まったく優れた荷車で、かなりの重さに耐えますし、二頭の馬で牽《ひ》けば、出羽にも三日で着くことが出来ます。この国では、あれ以上の荷車はまだ無いと思われます」

片岡が、荷車に近づく前に説いた。

「また、どえらく凄い物を造ったものだな」

「いやいや、まだまだ驚くのは早いですぞ。今、国元では、さらに優れた工夫を凝らしておりますからな。これが上手くいけば、伊丹家は五十万、いや百万石に

が動く。

家老と留守居役の、足取りが速くなった。それと歩を合わせるように、乗り物
「おう。なんだか、わくわくしてきおったな」

「いや。財力では、当方が遥《はる》かに上回るでしょうな」

「百万石とは、でかく出たな。加賀前田《かがまえだ》家と肩を並べられるってことか？」

も匹敵する大名となりますぞ」


築地の藩邸まで、荷車の荷台には鶴松と高川、そして三太郎が乗った。

片岡が荷車を手繰《たぐ》り、その隣には弥助が乗っている。

「それにしても、三太郎の振る舞いは見事でありましたぞ」

高川が興奮した面持《おもも》ちで、畠山との面談を余すところ無く説いた。自分が、自
刃しかけたとの経緯《いきさつ》も話の中に含めた。

「そりゃ高川さんの、一世一代の大芝居だったな」

その件《くだり》では、鶴松は大きな声を立てて笑った。

「いえ親分、笑いごとでは。その話を聞いた時には、あっしは生きた心地がしや

せんでしたぜ。片岡様など、危うく小便《しょんべん》を漏らしてしまうところだったと言ってやしたぜ」

三太郎の話は、手綱を取る片岡には届いていない。

「まあいいじゃねえか。どっちにしろ、無事だったんだから」

「それにしても、殿のご推察はお見事なもので。若年寄の畠山様は、三太郎の気風《きっぷ》に押されっぱなしでしたぞ」

「本来なら、俺が行くべきところだ。三太郎には、つまらねえ苦労をさせちまった」

「何をおっしゃいます、親分。あっしは、親分の子分でよかったと、心の底から思ってやすぜ。これから出羽の国元に行っても、親分の代わりを充分果たしやすぜ」

「そう言ってくれるだけでもありがてえ、三太郎。これからも、よろしく頼むぜ」

「任せておくんなせい」

「それにしても、よく似ておられますな」

三人の会話を乗せ、荷車は静かに江戸藩邸に向かっている。

築地の松越藩邸門前に、あと二町と迫ったところであった。

「……長《なげ》え旅だったな」

目と鼻の先に、伊丹家の長屋塀が見える。鶴松が、荷台から顔を向け呟《つぶや》いたところであった。ガタンと音がすると共に、荷車が大きく傾いた。胡坐《あぐら》をかいていた三人は、ゴロゴロと二回転ほど転がり、荷台のあおりにぶつかって止まった。

「二人とも、大丈夫か？」

鶴松は、先《ま》ずは高川と三太郎の体を気遣った。

「あっしは大丈夫です。ですが、ご家老様が……」

高川が、腰を押さえて苦痛の表情だ。

「腰を強く打ったみたいで……ううう、痛っ」

「そいつは、いけねえな」

「いえ、たいしたことはありません。ちょっとした打ち身ですわ。それより、殿は……？」

「俺はなんてことはねえ。それよりも、ご家老の方が心配だ。そうだ、駕籠は付いてきてるか」

「ええ、後ろにいますぜ」

三太郎が、後ろを振り向いて言った。

「ご家老はそれに乗って、一足先に帰って休んでな」

「いや、そんなにたいしたことではございませんから、ご心配は無用に……」

「いや、齢《とし》が齢なんだから。齢を取っての怪我《けが》は、治り難《にく》いと言うからな」

「あんまり、齢としって言わんでくれませんか」

年齢を気にする齢になってきている高川の顔に、苦笑いが浮かんだ。

「本当に大丈夫ですから、気遣い無用に願いまする」

ここまで言われたら、むしろ気にするほうが失敬である。

「おい、何があった？」

ここで初めて、鶴松は事の事態を訊いた。

「車輪が外れたようでして……」

鶴松の問いに、手綱を引いていた片岡が答えた。

「嗚呼《ああ》、ここまで来てなんてことだ」

片岡の嘆きが、鶴松の耳に届いた。

「ご家老の災難を除けば、こんな幸運はねえぞ」

どんな難儀が振りかかろうと、鶴松は前向きにとらえる。

「これの、どこが幸運と申しますので？」

片岡が、渋面をあらわにして訊いた。

「だって、そうじゃねえか。これが、粕壁《かすかべ》とか越谷で車が壊れてみろ、俺たちゃどうにもならなかったぞ」

「なるほど、そういうお考えもありますな」

片岡が、得心したようにうなずきながら言った。

「それにしても、よくぞここまで持ち堪《こた》えてくれたもんだ」

鶴松は、改めて大平源内の才覚を敬《うやま》った。だが、半面不安もよぎる。

「……重い米を積んで、どこまで耐えられるかだ。それと、これでは権左衛門さんに見せられねえな」

見本の用をなさない。新たな問題に、鶴松は腕を組んで考える素振《そぶ》りとなった。

あおりを下ろし、ゆっくりと地面へ降りる。幸いにも、自分で言っているとおり、高川の怪我はたいしたことはなさそうだ。腰をさすりながら、歩いている。

「とにかく、駕籠に乗って先に帰ってくれ。それと、藩邸に戻ったら、力のありそうなのを三十人ほど、ここによこしてくれ」

片側の前後の車輪が外れ、道に転がっている。

「かしこまりました」

高川は、鶴松の意をとらえ、自ら進んで乗り物に乗った。

「急いで行ってくれ」

高川が自ら、陸尺《ろくしゃく》に命じた。

「すまなかったな、弥助さん」

鶴松が、弥助に向けて声をかけた。

「成り行きでもって、ここまで付き合ってもらっちまった」

「いやいや、とんでもない。むしろ手前こそ、お殿様の気風のよさに惚《ほ》れ込みました。これからは馬ではなく、こういう荷車が必要となる時代。それを商いに取り入れようとなさるお考えに、感服いたしております」

鶴松が、人材引き抜きの切り出しにかかる。

「だったら弥助さん。あんた、この仕事を手伝っちゃくれねえか。中田宿からずっと思ってたんだが、どうも今の仕事に……」

鶴松が語る最中に、弥助のうなずきがあった。

「なら弥助さん……」

「ええ、手前も思ってました。この数日一緒にいさせてもらって、お殿様の慈悲深さと、親分としての器のでかさを感じていました。こういうお方の下につくってご家臣、子分さんたちは幸せなことで」

「いや、苦労ばっかりさせちまってる。すまねえと、謝る毎日だぜ」

「ですが皆様、活き活きとなされているご様子。上に立つ者、こうでなくてはなりません。手前も、そういうお方の下で働いてみたいものですな」

弥助の意思をはっきりと聞くことができ、伊丹屋の番頭《ばんとう》として迎え入れることとなった。

二町先にある、藩邸の正門から三十人ほどの家臣が足音を揃えて駆けつけて来た。外れた車輪は、一輪を五人で持たなければ運べないほど重い。先ずは、十人がかりで、車輪を荷台に載せた。

家臣三十人に鶴松、三太郎、そして弥助が加わり荷車の片側を持ち上げる。片岡は、荷車から外した馬の手綱を引く。

「ワッショイ！」

「ソイヤ！」

神輿《みこし》の掛け声と共に車体が持ち上がり、傾いた荷台が平衡となった。

壊れた荷車は、丁重に土蔵に収められ国元から大平源内を呼ぶ手筈《てはず》を取る。

二

翌日早朝、源内宛への書簡を携え三太郎は早駕籠に乗り、参勤交代の一行が待つ栗橋へと向かった。

早駕籠の揺れに、三太郎はゲーゲー吐いたが、どうにか栗橋までは辿り着けた。だが、よく頑張ったと褒めてくれる者はいない。

伊丹屋の番頭となった弥助と、重鎮三人が鶴松と向かい合っている。

「三太郎のお陰で、若年寄の畠山からは当分の間、何も言ってこねえだろう」

それだけでも、いく分気が休まると鶴松は、御座の間に置く長火鉢を前にして一服煙草《たばこ》を吹かした。弥助の件は、既に高川たちに話し、引き合わせも済んでいる。

「武士とやくざと商人が、これで一体となった。ここでは、身分も糞《くそ》もねえからな。互いが力を合わせ、出来ることをやってかなくちゃならねえ」

今、伊丹家にとって一番の懸案事項は、財政の再建である。その最適手段が、荷車の量産である。すでに、千台の引き合いが来ている。だが、その荷車は江戸藩邸の手前で壊れてしまった。出羽の松越から江戸まで、よくぞ堪えたと褒《ほ》めてはいたが、車輪が外れる欠陥は、売り物として失格である。もっと改良が必要と、源内を江戸に呼ぶことにした。

「源内が来るまで、早くても一月《ひとつき》はかかるだろう。奴は、松越と盛岡を行ったり来たりして、今が一番忙しい時だ」

荷車の、主要な部品が南部産の鐵製となる。それでもって、どれだけ頑丈になるか鶴松には想像ができない。だが、今の物より丈夫に造れるのは確かだ。権左衛門に現物を見せるのは、その先にしようと考えた。

「旦那様……」

そこに、弥助から声が掛かった。

「何かあるかい、番頭さん？」

「一つだけ、懸念してることがあるのですが……」

「何でも、思ったことを言ってくれ」

鶴松の耳が向いて、弥助が語り出す。

「荷車の強度はともかくとして、あの大きな車が江戸の雑踏の中、スイスイと速く走るにはどうしたらよいかと。そこも考えなくてはならんでしょうな」

荷物を大量に、そして速く運べるのが、この荷車の最大の取得《とりえ》である。だが、それがかえって江戸の雑踏にそぐわないことは、すでに立証されている。

一番の懸念は、事故である。人と人がぶつかるだけなら『痛い』だけで済む。だが、荷車が人を轢《ひ》いたときは、命に関わるほどの大事故に繋がる。

『――便利は難儀をもたらす』

その難題を乗り越えられれば、大きな道が開けることを鶴松は知っている。

勝手に道幅を広げたり、人の行き交いを減らしたりするのは不可能であり、端《はな》から考えても仕方がない。自分たちの出来る範囲で解決していくより、開ける道は無いのである。

「何か、良い策はねえかな」

「すぐには思い当たらないですが、必ず良策は見つかるものと信じてます」

高くて厚い壁にぶち当たったときの、人の行動はどちらかである。無理だと思ってあきらめるか、乗り越えるか打ち破るかの二つに一つである。

「番頭さんのその答、気に入ったぜ」

むろん、鶴松の考えは後者である。先ずは、その難題を克服していこうと意見のまとまりを見せた。

一晩ほど考えて良案が浮かび、乗り越えられるような簡単な壁ではない。

その日の昼過ぎ、八ツを報せる鐘の音を聞いてから、鶴松は久しぶりに深川黒江町の、猪鹿一家へと向かった。江戸の町が、一番活気溢《あふ》れる時限である。

今の、鶴松の頭の中は商人である。

——どうしたら、荷車が江戸の雑踏の中をスイスイと走れるか？

築地から深川まで、鶴松はそれを確かめようと歩いた。江戸の市中で速く走れるのは、武家屋敷町の小路だけである。だが、そんなところに荷車を必要とする商店は無い。商いが活気づく賑《にぎ》やかな町屋でこそ、荷車の真価が発揮できる。

「……とてもじゃないが、ここは難しいな」

今、鶴松が歩いているのは、霊巌島から深川を渡す永代橋である。三間ある橋幅一杯に、人の行き交いがある。およそ三十年前の文化四年に人の重さで崩落した橋だが、交通の要衝として今は頑丈に架橋されている。

しばらく橋の中ほどに立って様子を見ていたが、人の波は途切れることが無い。

「これだったら、大八車の方が遥かに速く運べる」

珍しく、鶴松にしては引け目な言葉が漏れた。

西の方角に、富士山が望める。西日が傾き、茜色《あかねいろ》が差す頃となった。秩父の山塊が、黒い影となったところで鶴松は歩き始めた。およそ、半刻ほど永代橋に止《とど》まったことになる。

深川の東方に、木場《きば》がある。大八車で材木を運ぶ行き来が多く見られる。ほとんどが建屋用に製材されたもので、普請現場に運ばれるようだ。それが、五台ほど列をなして、永代橋を渡るところに出くわした。

「……こんな時限に、材木を運ぶのかい？」

夕刻であるのに、材木を普請現場に運ぶのは滅多に見ない光景だ。鶴松は道の端により、材木運びの一行に道の行く手を譲った。すると、棟梁らしき男の声が聞こえてきた。

「馬鹿野郎が、寸法を間違えやがった。お陰で、すべて削り直しだ。今日中に運んでおかねえと……」

それだけで、鶴松には想像がつく。永代橋の東詰めを下り、少し行くと更に五台の、材木を積んだ一行とすれ違った。先の一行の、後詰と取れる。そこでも鶴松は道を譲った。その後ろ、二十間ほど離れて第三陣があとを追っている。それだけで、総勢三十人掛かりである。

鶴松は、ここで荷車の重要性を改めて感じ取った。

「荷車を使えば、いっぺんに運べるのに」

この国は、水運は発達しているが、陸運に難がある。それは、隅田川を行き交う荷船を見ていれば分かる。

木場の職人たちが汗を流す光景をまざまざと目にし、これが自分たちに与えられた使命なのだと、鶴松は気持ちに活を入れた。

大平源内が造った荷車が、うまく江戸の町と折り合えば、産業全体が益々発展をし、人々が潤《うるお》う。

「それが、本当の利益というものよ」

今、鶴松が話しかけているのは、隣の八百屋の娘お亮に向けてである。

四半刻前に、鶴松が猪鹿一家に着くとお亮が来ていて、姐《あね》さん気取りで出迎えた。

「——おまえさん、お帰りなさい」

「ああ、今帰《け》えったよ」

二人の間でそんなやり取りが交わされたが、お亮から『おまえさん』と呼ばれても、鶴松はなんの違和も感じていない。むしろ、それが心地よい響きとして、とらえていた。そんな二人の睦《むつ》まじさに、子分たちも遠慮を見せた。

鶴松の居間で長火鉢を前に、博徒《ばくと》の氏神様を背にして並んで座り、かれこれ四半刻が経《た》った。その間、鶴松の話の中に、色めいた言葉は一言も出てきていない。話の中身は、奥州出羽から南部であった出来事と、荷車に関わることで終始した。お亮はそれを、真剣な眼差《まなざ》しで聞いている。聴く耳を持つお亮に、鶴松は益々饒舌《じょうぜつ》になった。

「どうだ俺の話、面白かったか？」

語りの締めで、鶴松はお亮に訊いた。

「うん、とても面白かった」

二十歳《はたち》を過ぎたばかりの娘が好む話で無かろうが、お亮は違っていた。ひととおり話を聞いて、応対もできる。

「それにしても、大平源内さんってお方、凄い物を拵《こしら》えたのね」

「ああ、奴は松越藩……いや、この国の宝だ。近い将来、ああいった荷車が重い荷物を載せて、縦横無尽に日本中を走り回る時が来るだろうよ」

「近い将来というより、もう、すぐそこに来てるのね」

「ああ。まったくお亮の言うとおりだ」

二人の間で、会話が成り立つ。そんなお亮に、鶴松はこの上ない居心地のよさを感じていた。

――妻《めと》を娶るのに、この娘しかいない。

そんな感情の高ぶりさえ巻き上がっていた。

「荷車の話はそれとしといて、実はお亮に話があって来たんだ」

この日、鶴松が猪鹿一家に来たのは、それが大きな目的でもあった。鶴松の肚は決まっているが、あとはお亮がどう返事をするかである。

話の中身を察したか、お亮は崩した脚を正座に戻した。

「話って……?」

お亮が、相槌《あいづち》を打つように訊いた。

「以前、お亮に訊いたことがあったよな」

「はて、何でしょう?」

ちょっと首を傾《かし》げたところは、惚《とぼ》けた様子にも見える。

「お亮は、殿様とやくざの親分と、どっちがいいかってな」

「ええ。はっきりと覚えてる」

あの時は、鶴松の問いの真意が読み取れず、お亮の首が傾いだ。だが、今は違う。どっちの妻になりたいかってことだ。

大名の正室と、博徒《ばくと》の姐では大きな立場の違いがある。

「どちらがいいかって、そんなの考えなくたって分かってる。町人娘のあたしなんかが、お大名のご正室なんかになれるわけないでしょ。だいいち、家老の高川様から猛反対を食らうわ」

鶴松は、お亮を伊丹家の正室に迎え入れるつもりであった。そうでないと、正室は然《しか》るべきところから娶り、立場上お亮は側室となってしまう。そうはしたくなかった。

「あたし、お妾《めかけ》さんなんていや」

「ああ、分かってる。俺もお亮には、そんな風になってもらいたくはねえ。そんなんで、高川たちには納得してもらう。あとは、お亮の気持ち次第だ」

「ということは、あたしにお大名のご正室になれってこと？」

「ああ、そう言うこった。お亮が俺の正式な嫁となるには、それしかねえってことだ」

「でもあたし、ご正室より、やくざの姐さんの方がいい」

「ああ、お亮の気持ちはよーく分かる。だが、俺にとっては殿様の嫁としても、やくざの姐としても、どっちにとってもお亮は大事な女だ。どうだい、お亮も二足の草鞋《わらじ》を履いてみたら？」

「二足の草鞋……いえ、だったら三足ではないの？」

「なんだ、三足ってのは？」

「ご正室と姐と、そこに伊丹屋の女将《おかみ》が加わるんじゃない」

お亮の目が、爛々《らんらん》と輝いている。

「面白そう……」

「面白そうって、遊びじゃねえんだぞお亮」

言葉は窘《たしな》めるも、鶴松の目が笑っている。

「あたし、三足の草鞋を履く！」

お亮の、きっぱりとした答が返った。三足の草鞋とは、鶴松の頭の中にも無かった。一足でも大変なのに、それが三足ともなると並の苦労では追いつかぬであろう。それを、悠然と言ってのけるお亮に、自分の気持ちを乗せた。

「よく言ってくれた、お亮。あとは、仲良くやろうぜ」

「ええ、おまえさん……」

二人手を携えるも、まだ喜ぶには早い。あとは、高川たち重鎮をどう納得させるかである。もう一悶着《ひともんちゃく》はありそうだ。

三

その夜、鶴松は久しぶりに代貸《だいがし》の峰吉と一献交わした。

「留守がちになって、申しわけねえ」

先ずは、盃《さかずき》を当てる前に鶴松の詫《わ》びがあった。このところ、ずっと伊丹家にかかりっきりである。

「何を、謝ることがございやす。親分の頑張る姿を見てるだけで、俺たちもしっかりしなくちゃいけねえと思ってやしてね。これは、子分全員の気持ちでありまさあ。そんなんで、みな気張ってやってますんで、安心して殿様稼業に精を出しておくんなせえ」

「そう言ってくれりゃ、ありがてえ。まだしばらく、伊丹家の方を見なくちゃならねえんで、代貸には一苦労させちまうが、よろしく頼む」

　鶴松が、深く頭を下げた。

「そんな格好、よしておくんなせえ。どうぞ、頭をお上げなすって」

　峰吉が、掌《てのひら》を上にして鶴松の体を起こした。そして、二度三度と酒を注ぎ合い盃を重ねる。その間に、猪鹿一家の近況を峰吉が語った。二百人ほどいる子分は、誰一人喧嘩《けんか》騒ぎを起こすでなく、シノギの方も順調に賄《まかな》うことが出来ている。敵対組織との喧嘩《でいり》も、今のところ起きる気配は皆無である。

「こんな平穏無事で、いいんだろうかって気がしやすぜ」

「そりゃ、贅沢ってもんじゃねえか」

　確かに、今の伊丹家から見たら、猪鹿一家は平穏である。それが、鶴松にとってどれほど有り難いことか。猪鹿一家に、何の憂いも無ければ、伊丹家稼業に専念できる。鶴松が、ほっと一息ついたところで、別件の切り出しにかかる。

「ところで、話が変わるが……」

　盃に、なみなみと注がれた酒を、グッと一息に呑《の》み干し、鶴松は語る準備に入った。峰吉も、余程重要な話と受け取り、居住まいを正した。

「お亮の件なんだが……」

「やっと、その気になりやしたかい。そりゃ、おめでとうさんで」

峰吉の顔が、柔和に綻《ほころ》んでいる。

「なんでえ、知ってたんか」

「そりゃ、こないだっからお二人の様子を見てりゃ、誰だって分かりやすぜ。今日だって、仲睦まじく話をしてたみてえだし」

「どうりで、お亮といるとみんな近寄ってこねえと思ってた」

「それで、祝言は……？」

峰吉が、気の早い訊き方をした。

「そいつなんだが」

鶴松の腕を組んで考える仕草《しぐさ》に、峰吉には思う節があった。手放しでは喜べそうもないと、峰吉も鶴松の仕草に合わせた。

「もしや、親分はお亮を猪鹿一家の『姐』ではなく……」

「伊丹家の、正室にしようと思ってる」

「そいつは本当にめでたいことで……」

峰吉の憂《うれ》いは、別のところにあった。

「ですが、お大名のご正室ともなりやすと、それなりの格式の有る家から娶るのが筋ってもんじゃねえんですかい？　大名家の婚姻てのは、多分に政略的な意味を持つんでしょうし。それが、八百屋の娘とあっちゃ、親類縁者、家臣一同から総すかんを食らうんじゃありやせんかね」

針の筵《むしろ》に座らされるお亮が気の毒だと、言葉に出さずも峰吉の表情から読み取れる。

「それに関しちゃ、俺もお亮も百も合点《がってん》、千も承知の上だ。あいつも気丈な女でな、三足の草鞋を履くと言いやがら」

「三足の草鞋……？」

「大名の正室、やくざの姐。それに加えて商人の女将だ」

「どれか一つでも大変《てえへん》だってのに……」

大名の子息を産んで、子分の面倒を見、そして商人の支えになる。

「俺の嫁になるってのは、そういうことなんだよな。並の女じゃ務まんねえだろうが、お亮ならできると俺は思ってる。三足の草鞋ってのだって、お亮が自分で履くと言い出したことだ」

「でしたら俺たちが、つべこべ言うことじゃありやせん。ですが、ご正室ともなると、お屋敷から一歩も出られねんじゃねえですかね」

娘を取られたような気持ちになったか、峰吉の額《ひたい》に一本縦皺《たてじわ》が刻まれた。

「そんなことはねえよ。並の女じゃねえって、今も言っただろ。築地と深川を、喜んで行ったり来たりすらあ。それに、正室にならなきゃ、お亮は側女《そばめ》って立場……」

「なるほど！　真意はそこでしたかい」

得心したか、峰吉は大きくうなずきを見せた。

「お妾さんなんか嫌、なんて言いやがってな」

「鶴松さんのかかあになるには、お大名の正室になる以外に無いってことですな」

「そういうこった。となれば、三代目猪鹿一家の立派な姐ってことにもなる」

「それにしても三足の草鞋とは、お亮……いや、姐さんもでかい籤《くじ》を引きやしたねえ」

「まったくだ。だが、俺がみんな当たり籤にさせてやるぜ」

「その意気だ。さあ親分、もう一献……」

景気付けだと、峰吉が銚子《さしなべ》の口を、鶴松の盃に向けた。

その後話題は、ひとしきり荷車のこととなった。この場では、懸念の課題も良案は生み出せず、夜四ツの鐘を合図に、二人の酒盛りはそこまでとなった。


翌日、鶴松は単身で隣家の八百屋『八百寅《やおとら》』を訪ね、いきなり「娘さんをください」と頼み込んだ。

大名の正室にという件《くだり》では、お亮の両親もガタガタ震えるばかりで、言葉を返すことが出来ずにいる。

「お父《と》っつぁん、おっ母《か》さん、何とか言ってよ」

お亮が返事をせっつく。

「おい、お亮。あんまりご両親を困らせるんじゃねえよ」

鶴松がお亮を窘めたところで、父親寅吉《とらきち》の口がようやく開いた。

「八百屋の娘だぜ。それが、お大名の奥方なんかに……」

「八百屋、上等じゃねえですかい。一文の金の有り難味《ありがたみ》も知らねえ姫様より、お亮の方が遥かに立派ですぜ」

一言で納得させるには、少々言葉が弱かったかと鶴松が思ったところで、今度は母親お文《ふみ》の声が聞こえてきた。

「ですが、口うるさいお局やご家来様たちがたくさんいて。ああいうところは、仕来《しきた》りや虐《いじ》めが厳しいって聞いてます」

どうしても、大名家というのは、妬《ねた》みやっかみの巣窟《そうくつ》だという想像が先に立ってしまう。母親の心配は、無理からぬことだ。だが、ここを得心させなければ、先には進まない。お亮の両親は、その関門の一つであった。

鶴松は、一言で両親を得心させる言葉を探した。そして、これならば両親の心に響くだろうと口にする。

「俺と吊り合う女は、お亮しかいねえ」

二百人の子分衆を束ねる鶴松の度量の大きさは、お亮の両親も認めている。更にそこに、大名家の殿様が加わる。そんな亭主に相応《ふさわ》しい女房は、お亮だけだと鶴松は言い切った。それが響いたように、両親の顔色が変わり、震えも止まった。

「お亮……」

寅吉の顔が、傍らに座るお亮に向いた。

「はい……」

「親分……いや、お殿様を助《すけ》てやりな」

「あたしからも、お願いするよ」

両親の同意も得られ、第一関門の突破となった。そして、もう一つ最後の難関が残っている。

家老の高川には、まだお亮のことは話していない。いくら殿様とはいえ、個人の一存でどうこうできる問題ではない。この日鶴松は、お亮を連れて上屋敷に戻ることにした。


普段鶴松がくつろぐ八畳の居間で、鶴松とお亮が二間の間を空け向かい合っている。家老の高川を呼んで、待っているところだ。

正午を報せる鐘の音の、三つ目が鳴ったところで廊下に足音が聞こえてきた。鶴松にとって、こんなに緊張して、高川を迎え入れるのは初めてであった。鶴松の前には、長火鉢が置いてある。五徳に南部製の鐵瓶が載っているが、湯は沸いていない。普段なら、煙草を一服して紛らすのだが、お亮から吸い過ぎを止められている。

「殿……」

仕切る障子越しに、高川の声が届いた。

「入ってください」

普段聞き慣れぬ鶴松の言葉に、高川の首がいく分傾いだ。「ご免」と声がし、障子が開く。くれ縁の向こう側は、中庭が見渡せる。

「おや、お亮さん……」

真っ先に高川の目に入ったのは、お亮の顔であった。

「ご無沙汰《ぶさた》しております」

両手を畳につけ、畏《かしこ》まったお亮の挨拶であった。二人は顔見知りであるが、何《なに》故《ゆえ》にここにお亮がいると、眉根を寄せた高川の表情は訝《いぶか》しげだ。

「お亮、俺の隣に座れ」

鶴松が手招きをして、お亮を並ばせた。長火鉢の向こう側に、雛《ひな》様のように二人が揃って顔を向けている。

「もしや……?」

その様に高川は驚いたか、あとの言葉が出せずにいる。

あとには引けず、鶴松の肚は決まっている。

「ああ、そのもしやだ。俺は、このお亮を伊丹家の正室に迎え入れようと思っている」

鶴松が、一気に言い放った。だが、高川の目と口は開いたままで、言葉が発せられないでいる。後ろ手が畳につき、かろうじて倒れそうな体を支えている。驚愕《きょうがく》と動揺と遺憾《いかん》が、全身を駆けずり回っているのは、高川の様子から見て明らかである。今は、何を言っても耳に届かないであろう。鶴松は、高川が落ち着くまで待った。その間に、自分も落ち着こうと、長火鉢の引き出しから煙草盆を取り出した。そして、一服つけようとしたところでお亮から止められる。

「ご家老様がお困りになっているのに、煙草はないでしょ」

お亮の一喝が、鶴松の煙草を引き出しに仕舞わせ、高川に落ち着きを取り戻させた。すると、高川がすっくと立ち上がると、鶴松に一礼をした。

「少々、お待ちくださいませ」

と言って、理由《わけ》も語らず、部屋から出ていった。

「何があった？」

「さあ……」

高川の挙動が分からず、鶴松とお亮が顔を見合わせ首を傾げた。

「おい、一服してもいいか？」

「ええ、いいわよ」

このところ、お亮のお陰で煙草の量が減っている。その反動か、無性に吸いたくなる時がある。高川が、どんな話をもたらすか分からない。気を紛らすためには、どうしても必要な一服であった。だが、火鉢に火が熾《お》きていない。火種がなく、鶴松は煙草を諦めたところで障子の向こうから、高川の声がかかった。

四

高川の後について部屋に入ってきたのは、江戸留守居役の片岡であった。つい先日まで、鶴松と一緒に国元の松越まで同行してきた男である。

鶴松とお亮に、高川と片岡が並んで向き合った。

「実は……」

と言ったまま、高川の言葉が止まった。

「どうしたい？　はっきりしねえとは、高川さんらしくねえな」

鶴松の促しに、高川の止まった口が動く。

「殿に縁談がございまして……」

声音が、震えを帯びている。

「その縁談を、ただ今片岡がまとめているところです」

高川が、一気に言い放った。

「そんなこと、俺は何も聞いてねえぜ！」

鶴松の顔が引きつっている。声も高鳴り、言葉は荒ぶる。その剣幕をまともに浴びて、高川と片岡の首が竦《すく》んでいる。

高川が、恐る恐ると語り出す。

「大名家の縁談というのは、そういったものでして。当人同士の考えを聞いてましたら、いつまでもまとまりませんでな」

　鶴松の顔をまともに見られず、高川の目は長火鉢の五徳に載った鐵瓶に向いている。

「その、縁談の相手ってのは、どこのどいつなんで？」

　鶴松の口調は、相変わらず荒い。

「おまえさん、もう少し穏やかに話したら」

　この中で、一番落ち着きを見せているのはお亮である。話を黙って聞いていて、初めて口を挟んだのは、鶴松への窘めであった。

「ああ、そうだったな。それで、どちらの娘さんなんで？」

　言葉は穏やかになったが、口が引きつっている。

「はい。それが、盛岡南部家のご三女でして……」

　答えたのは、片岡であった。

「南部家だって？　俺が、先だって行ったところじゃねえか。いったい、どういうこったい？」

　片岡から、経緯が語られる。

「はい。その南部のお殿様からの話でして……」

鶴松のいないところで、大平源内に南部利済から打診があった。当人に直《じか》に話すと、その場で断られるのを恐れ、内密に事を運んだという。

「どうやらそのご三女様は、柱の陰から殿を見初《みそ》め『──わたし、あのお方のお嫁になりたい』などと言われたそうです。と、源内が言っておりました」

大平源内から、片岡がそれを聞いたのは、松越を離れる前日であった。

「そんな大事な話を、なんであの時、俺に言わなかった？」

詰《なじ》る口調で、片岡に問うた。

「言えば殿は、絶対に拒絶なさると思いまして。そのご三女と申しますのは、齢は二十八になる大年増《おおどしま》のいかず後家でありまして……それより何よりも、南部の鐵を渡すから、姫を一緒にもらってくれとの条件がつけば、なお更殿はお怒りになられたでしょう」

片岡が、事情を一気に語った。

「そりゃそうだ。鐵のおまけに姫様をつけるなんて、南部利済ってのは太《ふて》え野郎だな」

利済への憤《いきどお》りが、鶴松の口をついた。

「それで、江戸に帰ってその話をご家老にしたのは昨日の晩でありました。ご家老に相談してから、殿に話そうかと……」

「身共《みども》も昨夜、初めて話を聞きましてござる」

峰吉に向けてお亮の話をしていたころ、伊丹家江戸藩邸では鶴松の縁談が重鎮たちの間で持ち上がっていた。

「そうしましたら、一夜明けてこれでしょ。驚いたの驚かないの……」

いっぺんに、二つの縁談が舞い込み高川はうろたえたと言う。

「それで、高川さんはどっちなんだい？」

「どっちと申されますと……？」

「お亮か、南部家の三女か……」

鶴松の振りに、高川の額にいく筋もの皺が刻まれる。困惑した表情を浮かべ、こめかみには脂汗《あぶらあせ》が浮かんでいる。

「となりますと、お亮様の前では言い辛《づら》いのですが、伊丹家の家老としての立場では、南部家との話を進めるよりございませんな。いささか、心苦しいですが……」

重鎮たちの同意を取り付けるのが、最後の関門である。鶴松にしては、それを一言で得心させる自信があった。だが、話がここに及んではその関門は、秦《しん》の時代の古関『函谷関《かんこくかん》』を思わせるほどの、重厚な要衝として立ち塞がった。

「やはり、ご家老たちの立場からすれば、そういうことになるんだろうな」

と言うものの、鶴松の気持ちは引いたわけではない。どうしてここを突き破ろうかという思案でいっぱいである。

「それで、南部家の方には返事をしちまったのかい？」

まだならば、いくらでも打つ手はあろう。だが、片岡の首が小さく振られている。

「どうやら、家老永瀬様の意見も聞かず、大平源内が勝手に縁談を承知してしまったようでして……」

「なんで、誰の意見も聞かずに、源内が勝手に承知したんだ？」

「鐵が欲しくての、一心でかと……」

片岡が、首を竦めながら答えた。

一介の家臣の言葉とはいえ、婚姻を承諾してしまったからには、おいそれとは解消できない。そして何より、江戸詰めの重鎮たちも、最高の良縁だと大乗り気である。

反対なのは、当の鶴松一人であった。どうしても、婚姻を反故《ほご》にするには鐵を諦め、南部家と喧嘩するより手が無い。だが、すでに製造は始まっていると報告が来ている。試作の荷車も、もうすぐ完成すると国家老永瀬からの便りにあった。喧嘩どころか、鶴松の離れたところで両家は蜜月の関係となっている。

「あたし、側室でもいい」

事情を察したお亮が、話に口を挟んだ。

「いや待てお亮、おめえを妾なんかにさせねえよ。いい手立てが、絶対にあるはずだ。そいつを考えてみることにするぜ」

自分の、知らぬところで進められていた縁談。鶴松としては、それだけでも承服しかねていた。だが、一概に家臣たちを咎《とが》めるわけにもいかない。それぞれの置かれた立場を考えれば、仕方が無いともいえる。

「それで、南部家との祝言はいつと決まってるんだ？」

「いえ、そこまではまだ……」

鶴松の問いに、片岡は頭を振った。

「決まってねえんだな。だったらよし……」

鶴松に、一つ望みが出来た。

「だったらよしとは……？」

高川が、鶴松の顔を覗《のぞ》くようにして訊いた。

「日取りが決まってねえんなら、のらりくらりと行くしかねえだろ。こっちは、三月《みつき》はもたせられる。その間に、縁談を破棄する口実を探す」

「どうしても殿は、この縁談が嫌だとおっしゃいますので？」

「あたりめえじゃねえか。誰が、鐡と一緒に嫁を貰《もら》う気になれる」

「ですが、今の伊丹家の現状を鑑みますと、他にこれほどの良縁は滅多にございません」

家臣は家臣で、藩主の説得に躍起である。

「他にあるじゃねえか。お亮という、良縁がな。それと、今の伊丹家の現状とご家老は言ったがな、そいつを打破できるのは鐵の姫様じゃなくて、ここにいるお亮だけだ」

「ですが、今伊丹家に必要なのは……」

ああ言えばこう言う。こう言えばああ言う。話し合いは堂々巡りを繰り返し、この日での決着はつかなかった。ただ一つ決まったことは、鶴松の気持ちを取り入れ、三月はのらりくらりで行こうということになった。

「あたしもそれでいいわ」

三月なら待てると、お亮も得心する。

「でも、鐵のお姫様、なんか可哀想」

お亮に、焼きもちの微塵《みじん》も無い。むしろ、南部家の姫様に同情する気骨を見せた。

それから半月後。

国元家老、永瀬から書簡が届いた。参勤交代で、三太郎が無事に帰藩したとの報告と、鶴松と南部家三女『乙姫《おとひめ》』との婚礼の儀が、約一月《ひとつき》後の九月十二日に決まったとの報せである。一方的な、南部家の取り決めであった。

「ずいぶんと、上からの目線で来てるな」

高飛車な南部家に、鶴松は汚物を突きつけられたような不快な気分となった。

「相手は八万石の従四位下、当方は一万石の従五位下ですからな。家柄の、格が違いまする」

片岡が、鶴松に説いた。

「そんなことはあるかい。領民を飢えさせといて、よくも威張ってられるもんだぜ。盛岡《あそこ》の現状はあんたも……いや、あの時いっしょに行ったのは源内だったな」

片岡は、松越の城内に止まり盛岡には行っていない。

「それにしても源内の奴、とんだ約束をしちまったもんだ」

そんな憤りが、脳裏をよぎる。家臣の分際でと、怒ろうにも鶴松の声は出羽までは届かない。今の鶴松の頭の中は、あれだけ情熱を傾けていた荷車への想いが、急激に冷めていた。

「旦那様……」

そこに、伊丹屋の番頭となった弥助から声がかかった。

今、上屋敷の中で鶴松を旦那様と呼んでいるのは、弥助だけである。荷車の販売を任そうと雇い入れた弥助だが、鶴松の荷車に対する気力が萎《な》えた今、その存在も虚《むな》しいものと思えていた。だが、弥助には罪が無い。そんな無責任な態度は取れないと、鶴松は真摯《しんし》に向き合った。

「どしたい、弥助さん？」

「江戸の往来で、どうやって荷車を走らせるかって件ですが……」

半月ほど前のあの日、永代橋を渡り、猪鹿一家に着くまでは、鶴松の頭の中はその案件で一杯であった。だが、お亮との件で半分気を取られ、さらに翌日の、南部家の鐵の姫様との縁談を聞いて、鶴松の頭の中からすっかりと案件は消え去っていた。

「あっ、そのことか」

弥助に問われ、鶴松は半月ぶりに案件を思い出した。

「そのことかって……旦那様は、まだ何もお考えになっていないようで」

「ああ、すまねえ。考えちゃいるんだが、まだ先の話だと思ってな、頭の中がもたもたしちまってる」

　苦しい言い訳であった。

「旦那様も、他に気苦労が多いものと存じ、手前が一つ二つ考えてみました」

「そうかい、だったら聞こうじゃねえか」

　あまり気乗りがしなかったが、態度にそれを表しては駄目だと、鶴松はいく分身を乗り出して、弥助の案に耳を傾けた。

「一つには、馬の首に鈴をつけ、音を鳴らして通行人に注意を促すってのは如何《いかが》でしょう？」

「なるほどな。面白《おもしれ》えと思うけど、四六時中鈴の音が鳴ってて、馬が嫌がるんじゃねえか？　そんなんだったら、俺も考えた。鈴じゃなくて、人の多いところでは、太鼓を鳴らすってのをな」

「おお、それはよろしいですな」

　弥助の言葉が、相槌を打つように返った。

「だが、すぐに引っ込めた」

「何故に、引っ込めましたので？」

「いきなり太鼓をドンドン鳴らしてみろ。馬が驚いて、暴走しちまうってことも考えられる。そんな危ねえこと、出来るかい」

ここで鶴松は、ふと思うことがあった。馬喰町の博労《ばくろう》の下で働いていた者が、馬の性質《たち》に疎《うと》いと。旅籠《はたご》の番頭ということだが、馬に関しては鶴松よりも知識があるはずだと。そのことはおくびに出さず、鶴松は問いを発する。

「一つ二つと言ってたけど、二つ目ってのはなんだい？」

「これは少々金の掛かることで……」

「いいから、言ってみな」

「幕府に儲けの一部を差し出し、荷車の走れる道を造ってもらうのです。いや、新たに道を造れというのではなく、人が通れない道を造ってもらうのですな」

「そんなこと、出来るんかい？」

「幕府の力があれば……」

言って弥助は、小さくうなずきを見せた。

「どれぐらい、金が掛かる？」

「そうですな。売り上げの二割が妥当かと……」

「それくらい出さんと、幕閣は首を縦には振らんでしょうな。逆に、振っていただければ、この世の中の運送手段が根底から覆《くつがえ》るってことです」

馬の鈴より、遥かに現実味を帯びている。車と人が通る道を別にするというのは、なかなか思いつかない発想だと、鶴松は、萎えていた荷車を自分の脳裏に引き戻した。

「それで、どうやって人と荷車の道を分けるんだ?」

話に乗ったと、鶴松の体はさらに前のめりになった。

「そこまではまだ……ですが、工夫次第では誰も通行に不便を感じることなく、安全に荷車を走らせることができると思われます」

馬の鈴は、弥助の余興であった。初めに誰でも思いつくような案を出して、相手の様子を見る。策士というのは、最初から本題を出さないものだ。鶴松は、弥助を見直す思いとなった。

利益は減っても、これぞ人々の役に立つ事業だと、鶴松は体に漲《みなぎ》りを感じていた。

五

それから五日後の夕刻。

伊丹家上屋敷正門前に、一台の荷車が止まった。二頭の馬の手綱を引いているのは源内で、横に乗るのは江戸の市中に詳しい徒組頭《かちぐみがしら》の横内であった。三太郎の警固で、国元に行っていたのが帰ってきた。

門番に正門の門扉を開けさせ、荷車ごと中に入った。玄関に横付けをして、鶴松に報せをもたらす。さして待つことも無く、慌しい足音が聞こえ、屋敷の奥から鶴松と重鎮三人、そして弥助が揃って出てきた。

やはり江戸に近づくにつれ、荷車の速度は遅くなったが、それでも道中快適に飛ばし、たった三日で江戸に着くことが出来たという。

「途中、利根川の房川渡が無ければ、丸二日で来られますな」

横内が、荷車の凄さを語った。それを、どうだと言わんばかりに、笑いを浮かべて源内が聞いている。そして、口にする。

「車輪が外れたのは聞いております。ですが、南部鐵のお陰で車輪はしっかりと固定でき、もうその心配はございません。どうぞ、ご覧ください」

荷車に近づき、荷台の下を覗き込む。

「サスペンションとスプリング、そして歯車の組み合わせで……」

と、源内が説明しても誰も理解できる者はいない。木材の組み合わせの中に、黒い塊《かたま》りが見えるだけだ。そこに、南部鐵で作られた部材が組み込まれている。

「たいしたもんだ」「凄いですな」と、おざなりの驚嘆だけが、それぞれの口から漏れる。

「これでしたら、米六十俵を積んで江戸に運んでも、ビクともしません。ええ、それも三日内に……」

「馬は大丈夫なんか?」

鶴松の問いに、源内は大きくうなずきを見せた。

「おそらくそれだけ載せても、馬はさほどに重さを感じてないと思われます。すべて、スプリングが重さを吸収しますから」

「なるほどな」

返事をしても、鶴松には構造の道理が分かるはずも無い。

「ですが、一つだけ懸念が……」

明るかった源内の表情が、一転曇りをもった。

「なんだ、懸念てのは？」

その懸念てのに、重要な意味を持つものが多い。鶴松は、身構えるように訊いた。

「やはり現状では、生産台数が一月に百台がやっとです。殿が申すように、一年で二千台はいささか厳しいかと」

「これだけの物だ。そんなの端から難しいてのは分かっているさ。一月に、百台も造れりゃ御の字だぜ。だからこそ、高く売れるってこともある。それと、本格的に造るようになったら、人も場所もどんどん増やせばいいってことだ。場合によっちゃ、江戸で造ったっていいんだぜ」

鶴松の構想は、壮大に広がる。

淀川屋の権左衛門に見せる現物としては、充分な出来栄えだ。むしろ、待ってよかったと鶴松は、一山越したような感覚を味わった。

ひとしきり荷車を眺め、一同は御殿の御座の間へと移った。馬は、厩舎《うまや》で休ませ、荷車は土蔵に収めた。


その夜は、源内と横内の慰労も兼ね、酒盛りとなった。座は無礼講で、二の膳が八名分、二列向かい合わせで置かれた。鶴松、重鎮三人、横内、源内、弥助の七人に、もう一人お亮が加わり八人となった。

功労を称《たた》え、一番身分が低い源内を、対面の上座に据えた。鶴松とは、真向かいになる形だ。

源内と横内が、怪訝《けげん》そうに鶴松の隣に座るお亮を見ている。

「こいつは俺のこれだ。お亮といってな……」

鶴松が、下世話に小指を立てて、お亮を紹介した。源内が、渋い顔をするかと思ったが、そうでもない。お亮を紹介されたと同時に、顔には笑みを浮かばせている。真向かいに座る源内が、どのような反応を示すか、鶴松は試してみたくなった。

「町人の娘だがな、俺はこれを伊丹家の正室にしようと考えている」

　鶴松はじっと源内の顔色を見ている。だが、源内には何の反応も無い。むしろ、小さくうなずきすら返ってきた。

　――ちょっと、話が違うな。

　鐵を仕入れる交渉に、三女乙姫を政略に使ったと聞かされている。ならば、困惑に顔を顰《しか》めるはずだ。だが、その気配は表情からは窺《うかが》えない。そこで、鶴松は真っ向から切り出すことにした。

「今、南部藩の姫様との縁談が来てるがな、俺はそいつを断るつもりだ。みんなは反対するだろうが、そうと決めた」

「ですが、今さら婚姻解消となりますと、相手方が黙ってないと思われますが」

　額に皺を寄せ、困惑した口調で高川が苦言を言った。

「ああ、黙ってねえだろ。鐵の供給も無くなっかもしれねえ。そうなると、荷車は造れなくなるな」

「それでは、困るのでは？」

　高川とのやり取りを、源内は黙って聞いている。膳に置かれた盃に、手酌で酒を注《つ》いで呑み干している。その素振りから、自分は部外者だとの意思が伝わってくる。

「……なんか、おかしいな？」

鶴松は、呟きを漏らして首を傾げた。

「殿……」

話を聞いているのかと、高川が返事を促した。

「困ることはねえよ。だったら、荷車を造らなきゃいいことだ。お姫様には可哀《かわい》
想《そう》だが、泣いてもらうよりしょうがねえだろ」

「となりますと、源内のこれまでの苦労が水の泡に……」

「なっても仕方ねえ」

「それじゃ、源内様があまりにもお気の毒」

そこに、お亮が口を挟んだ。

「お亮は黙ってな」

鶴松が、お亮の膝に手を当てて言った。その顔が、源内を凝視しているのを見
て、お亮は鶴松の意図を察した。

「はい、黙ってます」

荷車が造れなくなると聞いても、源内に反応は無い。むしろ、薄ら笑いさえ浮かべている。

――こいつ、他人《ひと》を馬鹿にしてるのか？

怒りの感情が湧いたが、鶴松は口にも表情にも出さない。

「それでいいのか、源内？」

穏やかな口調で、源内に問うた。

「それにつきましては、あとで殿に話がございます」

源内の、落ち着いた口調が返った。大勢の前では、語りたくないとの意思がうかがえる。

「よし、分かった。ところで、三太郎はつつがなくやってるか？」

深い事情を感じた鶴松は、話題の矛先を変えた。

「はい。それは、立派な殿様ぶりで……」

横内が、末席から答えた。

「家老の永瀬様も、最初は驚いた様子でしたが、これならば婚礼も上手く取りつくろえると安心なさってました」

「横内、婚礼はしねえって今言ったばかりだぜ」

「左様でしたな。これは、ご無礼を……」

膳に額がつくほど、横内は頭を下げた。

「そんなにして詫びることでもねえよ。おでこじゃ酒を呑めねえから、頭を上げたらどうだい」

それからは、本格的な無礼講となり、ドンちゃん騒ぎがはじまった。序列の席は入れ替わり立ち替わり、お亮も品《しな》を作って酌に回る。

「こんなご正室なら、いく人いてもよろしいですな」

酔いが回った家老の高川から、軽口が飛んだ。


宴は一刻ほど続き、お開きとなった。

宵五ツを過ぎ、その場には鶴松と源内だけが残った。二人とも大の酒豪で、酔いの一つも感じさせない。膳は片付けられ、二十五歳と二十二歳の若者が、三尺の間を空けて向き合った。

「源内が、南部家三女との縁談を掛け合ってくれたんだってなあ」

鶴松が、怒りの無い、穏やかな口調で切り出した。

「はい。ご当主の南部利済様から、鐵が欲しければ三女の乙姫を一緒に貰ってくれと……」

「それを、誰にも相談せずに承諾したんだってなあ」

このへんの経緯は、片岡から聞いていたとおりであった。本来ならば、何故に勝手に進めたと一喝するのだろうが、鶴松には別の考えがあった。それは、宴会での源内の態度にあった。

「私が勝手に決めて、大変申しわけなく思っております」

源内が深々と頭を下げて詫びた。

「そんなに謝ることはねえよ。どうせ源内のことだ、何か考えがあってやったことだろう。その考えというのを、聞かせちゃくれねえか？」

源内は、考える素振りとなった。そして、おもむろに口にする。

「殿は、南部家が抱える秘密というのをご存じでございましょうか？」

「南部家の秘密……知らねえけど、秘密ってのはどこでも一つや二つは有るんじゃねえか？」

「それは、お有りでしょう。当、伊丹家だって、露見したら屋台骨を揺るがすほどの大きな秘密を抱えておられますから」

苦笑いを浮かべて、源内が言った。

「三太郎がうまくやってくれてるんでな、今のところは大丈夫だ。だが、この先は分からねえ。まあ、ばれたらばれただ」

三太郎が、鶴松の化身であることは源内も知っている。

「まあ、いつかは露見するでしょうな。それでも殿は、悠長に構えておられる。何故にでございましょう？」

「あんたがいるお陰だ」

「身共がですか？」

源内が、自分の鼻に指先を向けた。

「ああそうだ。源内が造った荷車は、この国の宝だ。その事業を推し進めるために、殿様だからといって踏ん反り返っちゃいられねえ。一緒になって働かねえとな。そんなんで、三太郎を俺の身代わりとさせてる。ばれた時、申し開きができるよう、なんとしてもこの事業を成就させなきゃならねえのよ」

「殿の、その意気込みは身共も痛感しております。そのためには、なんとしても南部鐵を手に入れなくてはなりません。鐵と抱き合わせで姫様の縁談を持ち出されたときは、身共も考えました。伊丹家と南部家が親戚になれば、荷車を造る上で、磐石な基盤ができるだろうと」

「残念だが、俺にはお亮という大事な女がいてな、あいつを正室にするつもりだ。なので、南部家の姫様とは一緒になれねえ」

南部家と伊丹家の両藩主に挟まれ、さぞかし困窮しているだろうと思いきや、源内の表情はさにあらずである。

――酒の席でも、平然としてたな。

その理由《わけ》が知りたくて、向かい合っているのだ。

「源内は、何を考えている？」

「殿と、同じことです」

「俺と、同じこと？」

「はい。如何《いか》にして、荷車を普及させるか……ですな」

「それもあるけど、俺が知りてえのはそうじゃねえ。姫様との婚礼は、何か含みがあってのことだろ?」

「そのことでしたら殿、ご安心くだされ。ご婚姻は、破談となりましたから」

「破談だと……?」

どういうことだと、鶴松が身を乗り出して訊いた。

「そうなると、鐵は……?」

「もちろん、手に入ります」

「いったい、どういうことだ?」

「これは、絶対に他言は無用と」

源内の頭がグッと突き出て、声音が小さくなった。

「もちろんだ。俺の口は、そんなに柔《やわ》じゃねえ」

鶴松も、更に体をせり出し、声を低くする。

「実は、南部家も、伊丹家とまったく同じことをしてまして、利済様のご先代は、二人いたというのを殿はご存じで?」

「なんだって? 知らねえよ、そんなこと」

現藩主南部利済の先代南部利用《としもち》は、二人いたという事実を源内は摑《つか》んでいた。本物は文政四年の五月、庭木に登り遊んでいたが、足を踏み外しその傷がもとで、逝去してしまった。享年十五という若さであった。

盛岡藩に跡継ぎはなく、無嗣子改易《むししかいえき》を恐れた家臣たちは、齢は同じくし風貌《ふうぼう》が酷似した親戚筋の子、善太郎を替え玉に仕立て将軍家斉との謁見を済ませた。その後、成り代わりの善太郎《ぜんたろう》が、南部利用として十一代藩主として擁立された。だが、二人目の利用も二十三歳で逝去し、嫡子が無かったため、かねてより幕府に内願をしていた利済が十二代目を継承し、今に至ったという経緯があった。

淡々と語る源内の語りを、鶴松は呆《ほう》けた顔をして聞いている。

「……まあ、そういうことでして」

源内が、一旦言葉を置いた。

「……俺んところと、まったく同じじゃねえか」

鶴松の口から、呟きが漏れる。

「違うところといえば、南部家は親戚筋を替え玉にしているってことですな。それでも、幕府に露見したらやばい」

「そんな秘密、何故に源内は知ってる？」

この問いに、源内は不適な笑みを浮かべた。

「交渉ごとに当る時は、相手の弱みを握るというのが大事でして。身共は、南部の鐵を仕入れるため、手を尽くしました。そして、手に入れたのが今話したことにござります。当然緘口令《かんこうれい》が布《し》かれてましたが、金に弱い家臣という者はおりますもので……」

これほどの策士であったとは、源内の別の才能に驚きを隠せぬ鶴松であった。

一度は婚姻を承諾し、切りの良いところで先代の一件を盾にして、端から断るつもりであったという。婚姻の破談は、江戸に来る前日に利済と会談し、承諾を得たという。

「だが、今後鐵はどうなる？」

「もちろん、手に入ります。これは、盛岡藩にとっても利の有る事ですから。それと、殿が申していた米一万俵も利いていると思われます」

「そいつは分かった。だが利済は、伊丹家の成りすましも知ってるぞ。その口は、どう塞ぐ？」

「そんなこと、幕閣にばらして南部家のどこに利が有りまするか。鐵の利と、米の方が、遥かに価値がございましょう。それと『……お互い様ですな』と釘《くぎ》を刺したら、ご当主様は大きくうなずいておられました」

これで、憂い無くお亮を正室に迎え入れることができる。だが、それも荷車の生産が軌道に乗り、酒米の刈り入れが済んで米俵に全てが収められてからである。少なくとも、三月は先と見ている。

六

早くも二月が経ち、季節は冬に向かおうとしている。

その間、鶴松たち伊丹家の面々は、目が回るほどの忙しさを体感していた。特に鶴松は、江戸と出羽を行ったり来たりして、荷車の出来具合と酒米の収穫具合を確認したりしている。

出来過ぎた酒米は、酒造用以外は全て食料難に喘《あえ》ぐ陸奥の人々に分け与えることにした。江戸での酒造は製造場所の折り合いがつかぬことも有り、事業は荷車の生産販売一本に絞られていた。

二月前に、販売元となる淀川屋権左衛門に、初めて荷車を見せた時には「――凄いもんでおますなあ！」と、腰を抜かさんばかりに驚きを見せていた。

上代価格も、八十両では安すぎる。鐵を部材として使うので原価は跳ね上がり、幕府への認可料に上代の二割があてがわれることとなった。陸奥南部地方は、馬の産地でもある。その馬を一頭つけて、一台二百両と、末端の販売価格が決まった。

都合の良いことに、淀川屋権左衛門は若年寄の畠山とは、入魂《じっこん》である。菓子折りの底に光る物を詰め、事業の便宜などを図ってもらっている。幕府との折衝は、淀川屋の権左衛門に任せることとなった。煩雑で、困難を伴うと思われていた荷車の認可や、搬送における関所などの通行手続きなどは、お陰で難なく取り込むことができた。あとは、江戸市中の交通対策である。これは、事案が大ごとなので、関係各所と話し合って決めるという。なので、荷車が円滑に動くことが出来るのは、まだ先の話であった。

既に引き合いがあった最初の百台は、江戸へ到着するなり買主へと納車されていった。

「――まだまだ引き合いがおますさかい、どんどん造ってや」

権左衛門から発破をかけられ、出羽の国元での生産回転が上がった。あと一月もしたら、荷車の生産拠点を江戸の在に移すことになっている。そのために、小名木川と交流する横川の東側に五千坪の土地を確保してある。その金も、淀川屋からの、前払いで賄っている。

「順調だな」

この成り行きに、鶴松も満足している。

「明日も、十台出羽から届きます」

番頭の弥助が、台帳を見ながら言った。三日に一度、十台ずつ出羽から届く。下屋敷を荷車の置き場としていたが、そこに止めおかれることなく捌《さば》けていく。予約済みの台数は、六百台にも及ぶ。半年先まで埋まっている台数である。

「もっと早く、沢山造れないですかねえ」

こうなると、欲も湧く。弥助が、焦《じ》れた表情となって言った。

「そんなに、焦ることはねえ。こういう仕事は、欲を掻《か》いちゃお仕舞いだ」

弥助を宥《なだ》めるも、鶴松の顔は満足げに引きつっている。

全てが順調に推移し、十一月の声が聞こえてきた。遠く陸奥は、初雪が降る頃である。出羽三山の麓《ふもと》にある松越藩は、豪雪地帯でも有名である。雪が降り積もる前に、荷車の生産拠点を移転したい。その準備に取り掛かり、あと十日もしたら機材を江戸に移す予定となっていた。

江戸では、横川の東側に位置する田畑を買い取り、そこに国元の作業場と同じ建屋を建てた。その規模は、国元の三倍に匹敵する。職人も皆、松越から移住させて、準備に当てさせている。

時々は、若年寄畠山配下の役人が訪れては、進行具合を満足げに眺め目を細めている。今のところ何の悶着は起きていない。

販売元である淀川屋には、すでに百五十台納車してある。末端価格にして、三万両の売り上げとなっている。そして今後半年の、見込み販売額は十八万両に及ぶ。

生産拠点が江戸に移れば、更なる増産が見込まれる。収支計画推移でも、向こう一年の生産台数は五千台と計上された。納品先は江戸だけでなく全国から引き合いがあり、在庫を持たず、造ると同時に売り切れる。商売としては、これほど楽なものはない。

「一年で、百万両でっせ」

淀川屋権左衛門の笑いが止まらない。

この百万両の配分内訳を見ると、このようになる。淀川屋五十万両、幕府計上金二十万両、伊丹家二十万両、盛岡藩十万両。

これで見ると、伊丹家の売り上げが極端に低い。値引きもせずに売れるので、淀川屋はさしたる労力を伴わず丸儲けである。これに不満を抱くのは、伊丹家の面々であった。

「淀川屋の儲けを見たら、こんな理不尽なことはありませんぞ」

算盤《そろばん》を弾《はじ》く、勘定奉行の山田は口が開くたびに、文句たらたらである。それもそのはずである。五千台造っても材料費、人件費、土地購入借り入れ弁済と利息。その他諸経費を差っ引くと、粗利益は一万両にも満たない。

「いいじゃねえか。少しでも利が出れば、たいしたもんだ」

どういうわけか、鶴松は満足げである。家臣たちの不満には、笑いで返した。

「殿が、それでよろしければ分かりましたが、ですが、これだけは我慢がなりませぬな」

もっと不満材料がある。額面よりも、こちらの声の方が大きい。

荷車の名は『大淀号《おおよどごう》』と名付けられた。販売製造元も、淀川屋の名を前面に出す。伊丹家の立ち位置は、まったくの下請けである。伊丹家の名は、一切表に出ない。

「我が藩の、大平源内が造ったというのに、本当に悔しいです」

中には悔恨で、涙を流す者もいる。

「いいじゃねえかそんなもん。名なんぞ、くれちまえ。名誉だのなんだかんだの言ったたって、それじゃ腹は膨らまねえ」

と、鶴松は動じない。

「何故に殿は、平然としておられるので？」

「俺は、名よりも実を取るのが主義なんでな」

山田の問いに、鶴松は脇息《きょうそく》に体を預けて答えた。

「今、伊丹《うち》の財は、金にしていくらぐらい有る？」

「六十万両ほど……」

山田が少し考え、額を口にした。

「そんなにあるんかい！」

鶴松の驚愕は、居間の襖《ふすま》を突き破り、向こう三部屋先まで届いた。何事でござるかと、家臣が数人刀の柄《つか》を握りながら入ってきた。

「なんでもねえ。驚かせて、すまなかったな」

家臣たちを退かせ、部屋の中は再び五人となった。

鶴松は、淀川屋の権左衛門と契約を交わすとき、このような条項を入れておいた。

『第八条二項　甲は乙に発注するさい都度、全額を前金で支払うこと』

甲は淀川屋で、乙は伊丹家である。つまり、全部前金である。淀川屋は、先の販売数を見込んで、伊丹家に支払いを済ませていたのである。それでも、生産原価と南部藩への鐵の支払いを除くと、使える金は二万両ほどしかない。

全ては見込み額である。今、実際に造られている大淀号の台数は、二百台ほどである。鐵の分を含めても五千両の原価しか、掛かっていない。そこに、淀川屋から一万台の発注を頂いていたのである。

「正確には、五十九万五千両となりますな。そうだ、土地を買ったり作業場の建屋などを造りましたので、それから更に一万両ほど減りますな」

山田の言う額が、今伊丹家の土蔵の中に眠っている。

その代わり、淀川屋からの発破は半端ではない。二十人ほどの奉公人が出張し、職人たちの尻を叩いている。人員を交代し、昼夜問わずの生産態勢が取られていた。

そうなると、一日三十台。一年で、一万台は出来る勘定だ。造れば売れていくのだから、淀川屋としては強気となった。さらに、一万台の発注が来た。そして、伊丹家の土蔵の中は百二十万両と膨らんだ。向こう二年分の、受注である。

あと半月で年が越そうかという、十二月の半ば。

江戸に、霙《みぞれ》交じりの初雪が降る、寒い日であった。この日の昼頃、鍛冶橋御門近くにある、若年寄畠山家を訪れる恰幅《かっぷく》の良い商人があった。四人が担ぐ駕籠は、かなりの贅沢である。

「ご苦労はん」

上方訛《かみがたなま》りで労い、駕籠に酒代を払うと淀川屋権左衛門は御殿の中へと入っていった。

客間でもって、畠山と向かい合う。

「先ずは、これを……」

風呂敷に包まれた手土産を、開くこともなくそのまま畠山の膝元に差し出した。

「そうか」

一言返して、畠山は土産の封も解かず、風呂敷包みを引き摺《ず》り背後に置いた。重くて四角い形状に、風呂敷を解かずも千両箱と知れる。

「今日は、お殿様に相談があって参りました」

「なんだ、相談とは？」

「今、伊丹家に百二十万両からの金が渡ってましてな……」

「なんと、百二十万両！」

畠山の声音もでかい。客間の向こう三部屋まで届き、何事があったかと控えの家臣たちが刀の柄を握って入ってきた。

「なんでもない、下がれ」

再び畠山と権左衛門が向き合った。

「先払いと契約に謳《うた》ってしまいましてな、その分持ち出しとなって、ちょっと資金が足りのうなってきましたんや」

「それはそうだろうな。しかし、それは当事者同士の話であろう。わしのところに持ってこられても……」

「そう言わんといておくれやす。お殿様でしたら、なんとか全部といわずも、百万両くらい返してもらう手立てがおますやろうと」

「手立てと言われたって、そんなこと思い浮かぶはずがないだろ」

「もし、それだけ返してもらったら、その内半分は献上いたしまひょ」

「五十万両か？」

「はい。幕府への、前払いでございます。それと、畠山様へのお手数代として、一万両はいかがか……」

「おい、みなまで申すな」

権左衛門の話を途中で遮り、畠山の表情に不適な笑いが浮かんでいる。

「五十万両と一万両……相違ないな」

「ははぁ」

畠山の念押しに、権左衛門は畳に額を押し付け、ひれ伏した。

権左衛門の、でっぷりと太った体をほくそえむような目線で、畠山が見下している。

「伊丹家から、金を戻すのはそんなに難しいことではない。なんなら、全部……いや、それを奪っては荷車は造れなくなる。車の原価ってのはいくらくらいだ？」

「一台造るのに、おおよそ三十両ほどでんがな」

「なんだ、そんなもので造れるのか。淀川屋も、ずいぶんと儲けおるなあ」

「ですが、注文の全額前金でおます」

「その、納めた前金てのを返してもらおうって肚だろ。『下請けは生かさず殺さず』って言葉があるが、淀川屋がやってることは、まさにその通りだな」

「人聞きの悪いこと、言わんといてくれまっか。そういうお殿様こそ……」

「いや、さすが浪速《なにわ》の商人《あきんど》だと、わしは言いたいのだ」

若年寄と浪速の商人との密約がここで交わされ、畠山からの通達が伊丹家の上屋敷に届くのは、それから三日後だった。


伊丹家の上屋敷、家老高川宛に畠山の使いが訪れてきた。

藩主の伊丹長宗を招きたくも、今は国元にいる。そこは、代理の高川ということになる。本当の藩主は、高川の横に座っているのであるが。

「いよいよ、また何か言ってきたか」

若年寄からの報せで、これまで朗報だったものは一つもない。またも、嫌な予感に苛《さいな》まれたが、それをいなしたのは弥助であった。

「旦那様。もしや、人と荷車の通行を分ける手立てが出来たのでは……」

「ああ、それも有りか。あんまり悪いことばかり考えてると、人を信用できなくなる。嫌な野郎でも、一応は幕閣だからな。それに、荷車ではいろいろ便宜を図ってくれてるし……きっと、今弥助が言ったことに違いねえだろ」

畠山の屋敷には、鶴松が直接行きたかったが、それだけは叶わない。

「ご家老さん、ここは一つ頼むぜ」

「はぁー」

高川に一任するも、返事に覇気がない。以前、畠山の屋敷に乗り込んだときのことを思い出しているようだ。

「どうした、浮かねえ顔して……?」

「いえ。なんでもございません」

高川の頭の中は、無理難題である。便宜を図ってくれるなどといった、お目出《めで》度《た》い話でないのは直感で分かっている。鶴松の問いに、場を取り繕おうと小さく頭を振った。

七

畠山の使いが来た二日後、高川は藩主長宗の名代《みょうだい》として屋敷へと赴いた。

大名駕籠に乗って、それなりの体裁を調える。熨斗目《のしめ》の小袖に、同色の裃《かみしも》は武士の正装である。夕七ツの目通りに、高川は余裕を持たせた。

先日会った部屋に案内され、しばらく待たされる。七ツを報せる鐘の音が最後の七つめを鳴らしたところで、でっぷりと太った畠山が部屋へと入ってきた。

「久しぶりだの、ご家老。そういえば、長宗殿は今国元におられるのだったたな。わしは、そいつを失念して書簡を出してしまった」

家老の高川が来るのは承知している。なので、以前のような咎めは無い。

「だが、事は急ぐのでな、できればご家老の返事を聞きたいと思っておる」

「はっ。どのような件で……？」

畳に手をつき、高川は平伏した。

「そんなに硬くならんでもよい。頭を上げなされ」

言われて高川は、目線を畠山に合わせた。

「淀川屋から幕府に依頼が来ておった、荷車の通行の件だが……」

弥助が言っていたことに違いなかったかと、高川の心から抱いていた不安が遠のいていく。

「いろいろと、関係各所と話し合ってな、人と荷車の往来を規制させ、両者が安全に行き交うことが出来るよう考えた。これが上手く起動できれば、物の流れが一気に変わり、世の中が一新することに間違いが無い。なので、幕閣全員の賛同を得られた」

ここまで来れば、憂いは一気に吹っ飛ぶ。幕府が対応してくれれば、これほど心強いことない。

「ははぁー。ありがたき、幸せ」

高川は、喜びのあまり畳にひれ伏した。

「ところでだ……」

畠山のこの一言で、高川の不安が蘇《よみがえ》った。厳しい条件が突きつけられるのではと、高川は身構える思いとなった。

「伊丹家は、この事業から手を引いてもらいたい」

畠山が提示する条件は、高川が想像する以上のものであった。

「今、なんと？」

意味が理解できずとも、高川は絶句する。

「これほどの大事業、一大名家だけに任せてはおられん。これは幕府の公営事業にすることと、話が決まった。むろん、全てを奪うつもりは無い。二十万両で、荷車を開発した何と申したっけ……？」

「大平源内でございます」

答えたくなかったが、ここは仕方がないと高川は源内の名を出した。

「そうそう、その大平源内と製造に携わる職人たちを、幕府が買おうというのだ。今、淀川屋から百二十万両ほど、前金として預かっているそうだが、二十万両をそちらに残して、あとは淀川屋に返して貰えばいいってことだ」

「つまり、二十万両あげるから、伊丹家は今後荷車から手を引けということですな？」

「まあ、そういったことだ」

「話は分かりましたが、身共の一存では返事はしかねまする。ここは、国元にいる当主と相談して……」

「国元に、話を通すこともあるまい。そんな決済、江戸で済ますことが出来るのではないのか？」

「はっ、どういった意味でございましょうや？」

「江戸に、それを決められる者がいるのではないかと言っておる」

「いるはずが、無いではありませんか」

「江戸藩邸に、今国元にいる長宗殿と瓜《うり》二つの男がいると聞いてな、もしやそちらが本物の……」

「そんなこと、あろうはずがございません！」

心は震えるが、ここは踏ん張りどころと、高川は気張る声音ではっきりと否定した。

「まあ、そんなに気張ることも無かろう。それならそれで、よいことじゃ。だが、荷車の話は呑んでもらうぞ。これは、上様からの厳命と取ってよい」

「分かりました。ですがやはり、身共の一存では即答はしかねます。ここは、藩邸に戻って後日ご返事をということで」

将軍を持ち出されては、引き下がらざるを得ない。

「なるべく早い返事を待っている。もっとも、そうせざるを得ないであろうが、家老としての立場があろうからの」

高川は、畠山の言葉を聞いて、重い腰を上げた。

「それでは、これでご無礼つかまつりまする」

高川が去ったあと、隣の襖が開いた。

「聞いておったか。これで、全てを淀川屋に任すことになる。名実ともに幕府御用達の業者であるな」

「はっ、ありがたいことでおます。あとは、当方にお任せくだされ」

幕府に五十万両、畠山に一万両を差し出す代わりに、荷車における利権を淀川屋は全て手に入れることとなった。

「まだ決まってはおらんぞ。伊丹家が、どういう答を持ってくるかだ。だが、そうならざるを得まいがの」

自信張《みなぎ》る、畠山のもの言いであった。


江戸藩邸に戻った高川は、すぐに鶴松と面談をする。

そこには源内と弥助、そして片岡と山田が同席する。六人が、車座となって向かい合った。

常に顔色を窺うため、鶴松は源内を対面に座らせた。

高川が、畠山との折衝を全て語った。

「二十万両で、全てを幕府が買うってか?」

「それを、儲けにして手を引けとの仰せで。こちらの弱みを臭わせながら……」

「畠山は、知っていたのか？」

「いや、それはなんとも。ですが、身共がきっぱりと否定しますと、それならそれでよいと、得心されました」

「そうか。それで、源内……」

鶴松の顔が、源内に向いた。

「あんた、二十万両で売る気あるか？」

源内の童顔が、笑いを含んでいる。そして、すぐに答が返る。

「喜んで、売りましょう」

「なんだって？」

五人の、驚く顔が源内に向いた。

「そんな、弱みを突きつけられては引かざるを得ないでしょ。それと、あの荷車がこれほどになるとは思ってもいませんでした。端は、陸奥《みちのく》の人たちが楽に仕事が出来るようにと想い、造った物です。それと、一万両も儲けが出れば、少しは伊丹家の役に立てるものかと」

「なるほどな。奇特な考えだ」

五人が揃って、源内の話にうなずいている。

源内が、続きを語る。

「ただし、自分が買われるのは嫌だし、そうされることもありません。職人たちは、仕事が無くなるので継続させます。なので、渡すのは図面と職人たちの腕です。もう、身共がいなくても、荷車は充分造れますからな」

源内の意をとらえ、鶴松がうなずく。

「よし、源内の気持ちは分かった。売ろう」

「ですが、殿。そう簡単に売っては、相手の思う壺かと。こちらの弱みを認めたと取られるのではないでしょうかな？　そうなると、二十万両もそれを盾にして巻き上げる気では。相手は、けっこう狸《たぬき》ですぞ」

高川が、頭の隅で燻《くすぶ》っている思いを言った。すると、源内が口を挟む。

「殿、これは今すぐ売ったほうがよろしいです。そして、二十万両を残して、引き下がるのが、最善の一手でありまする」

これには一同、唖然《あぜん》とする。まさか、源内がそこまで言い切るとは誰も思っていなかったことだ。

「何故に源内は、そこまで言い切る？」

「今は言えませんが、後になって分かります。とにかく、若年寄が出した条件を呑みましょう」

源内の諫言《かんげん》に、鶴松は大きくうなずきを見せた。

「よし分かった。だが、ご家老の懸念も分からなくもねえ。どうしようか……と思ったら、簡単なことだった。上様の命令には、逆らえねえからな」

将軍からの命令ならば、どんな事でも承服せざるをえない。鶴松は、これを利用して答を返すことにした。二つ返事であっても、自然の成り行きである。

需要と供給が折り合って、互いが得心をする。だが、今日の明日で返事は出せない。出羽松越藩にいる殿に、うかがいを立てなければいけない。その時の間が必要であった。早馬を飛ばし、その往復を六日と取った。むろん、誰も国元に向かう者はいない。

六日が経ち、もう一日余裕を持たせ七日目に高川が独り、若年寄の屋敷へと赴いた。いつも夕七ツに呼ばれるので、その頃合を見計らった。

三度も通えば、門番もすんなりと通してくれる。しかし、この日は面談の取り付けはしていない。二刻待たされ、宵五ツを報せる鐘の音が聞こえてきた。その間、茶一つあてがわれず、じっとして畠山の帰りを待った。勝手な来訪なので、文句は言えない。

「……明日にも出直そうか」

と、高川が呟いたところで、騒がしげに廊下を歩く足音が聞こえてきた。すると、いきなり襖が開き真っ赤な顔をした畠山が入ってきた。明らかに、酒を呑んでいると見える。

「すまなかったな、待たせちまって。来るなら来ると、使いを寄こせばよかったのだ」

呂律《ろれつ》が回っていない。これでは大事な話は出来ないと、高川は引き下がることにした。

「大分ご機嫌がよろしいようで。明日出直しますので、今日は……」

高川が一礼をして、立ち上がろうと腰を浮かしたところであった。

「どうだ、先だっての話。わしは、ずっと待っておったのだ。今、ここで聞かせてくれ」

意外にも、正気である。高川は座り直し、居住まいを正した。

「返事が遅くなり、申しわけございません。早馬を飛ばし、国元にいる当主に……」

「そいつは分かった。それで、藩主の伊丹殿は何と言ってきた？」

よほど早く知りたかったのだろう。畠山が高川を急《せ》かした。

「上様の、ご命令とあらば仕方がないとのことです。二十万両で、全てを手放します。ですが、大平源内だけは伊丹家に、止め置きくださるようお願いいたします」

「大平とやらがいなければ、大淀号は造れぬだろうに」

「いえ。もう全て、職人たちの手が覚えていると。それと、図面もお渡ししますので、どなたが携わっても荷車は造れると大平は申しております」

「あい分かった。それならば、それでよい」

話は終わりと思いきや、

「ところでだ……」

まだ話があると、高川を引き止める。

「江戸に藩主がおるというのに、ずいぶんと待たせおったな。七日の間を取るという、いらぬ細工をしおって」

ここまで言われれば、確実に露見している。以前のように、毅然《きぜん》と惚《とぼ》けるわけにはいかなそうだ。

「まだ、お疑いがおありですか？　高川の顔色は変わっていない。何を根拠に、仰せられるか分かりませぬな」

気丈にも、突っ張る。

「何を根拠にって、下っ端大名でこのことを知っているのは、一人や二人はいるぞ」

高川の頭の中で、二人の名が浮かんだ。一人は信濃飯岡藩主、大田原友永と盛岡藩南部利済の名である。だが、南部利済は、今は国元にいる。となると、大田原ということになる。

「何を考えているか知らぬが、そんなことはどうでもよい。わしが言いたいのは、あと二十万両をわしのところに運んでこいというだけのことだ。そうしたら、綺《き》麗《れい》さっぱり忘れようというもの。さもなければ、伊丹家は一巻の終わりぞ」

「…………」

高川は、答に窮した。抗うか抗うまいか迷ったが、ここで一番やっては駄目なのは、話を拗《こじ》らすことだ。しかも、相手は酒が入り気が大きくなっている。機嫌を損ねたら、取り返しがつかぬことになる。ここは、大人しく引き下がって、鶴松の意見を仰ぐことにした。

「とりあえず、藩主の答をお持ちしますので、七日ほどのご猶予を」

「出羽には、行くこと無いぞ。だが、よろしい。七日待ってやろう。ただし、百万両は即刻淀川屋に……」

「これまでいろいろ使いましたので、九十五万両です」

実際にこれまで、使ったのは二万両あまりである。三万両は、伊丹家のこれまでの労賃として頂くことにした。

「九十五万両でもよい。それと、七日後に来る時は、二十万両も用意せい」

言って畠山が立ち上がる。すると、酔いが回っているか足元がふらつき、千鳥足となって客間から出て行った。それを黙って見送り、畠山の姿が消えると同時に立ち上がった。

八

藩邸に戻り、高川は鶴松に全てを語った。

「やっぱり、ばれてたか」

鶴松が、ニヤリと不適な笑いを漏らして言った。

「何をお笑いで……？」

「そう言ってくると、俺は思ってた。そこまでのネタをつかまれていて、おめおめとうちの取り分に二十万両もくれるわけねえじゃねえか。やくざなら、もっと吹っかけ、尻《けつ》の毛まで抜いちまうところだ。よし、七日後には俺が行く」

「殿がですか？」

「俺が行って、決着をつけねえといけねえだろ」

「そんな、無茶な」

「無茶でもなんでもねえよ。いいから、俺に任せな」

そこまで言われては、高川としては引かざるをえない。

「ところで、畠山に垂れ込んだのは、大名とか言ってたよな」

「はい。身共は、大田原ではないかと」

「大田原じゃねえな。奴も、今は国元に帰っている。畠山がこれを知ったのは、最近のようだしな」

南部でも大田原でもなければ、他に思い当たる大名はいない。

「すると、淀川屋権左衛門が……」

「いや、奴でもねえ。三太郎のことは、まったく知らねえはずだぜ」

「すると、小笠原右京？」

「いや違うな。あいつは俺よりも、猪鹿一家の怖さに怯えている。やくざが本気でかかれば、大目付なんてちょろいもんだ」

「となると、誰が……？」

「誰だっていいや、そんなの」

含みのある笑いが、鶴松の顔に再び浮かんだ。

「二十万両は如何なさるので？」

「もちろん、あげねえよ。それこそ、成り代わりを認めたことになる。それよりも、畠山なんぞに屈する方が悔しいじゃねえか」

「となると、どうされようと……?」

「とにかく七日ある。じっくりと考えようぜ」

七日の猶予は、ありがたかった。


とりあえず、九十五万両を大淀号五台に分乗させて、霊巌島の淀川屋に運び入れた。運んだのは片岡と源内、そして職人たちの手による。

「よう、お返しいただけましたな」

権左衛門としては、大喜びである。

「それと、これが大淀号の図面であります」

源内が、直に権左衛門に渡した。一枚一枚、こと細かく描かれた図面が数十丁に亘《わた》ってまとめられている。ばらけないように紐《ひも》で綴《と》じられ、それは、分厚くて重いものであった。

「一枚でもなくしたら、荷車は造れませんのでご注意を」

注意を促し、権左衛門に渡される。

「ずいぶん、重いもんですな」

手渡しされたとき、ぐらりと権左衛門の体が傾いた。

「これで、全てをお渡ししました。あとは、ご自由にやってください」

「おおきに」

「ほな、さいなら」

権左衛門の礼に、片岡が上方弁で返した。

帰りは一台の荷車に職人たちを乗せ、片岡が手綱を取った。横川の作業場まで送り、片岡と源内は江戸藩邸へと戻る。帰り際、源内は職人たちにこう一言伝えた。

「――あとは、よろしく頼みました」

「へい、お任せを」

職人たちの返事を聞いて、片岡は荷車を動かした。その時、片岡の首が小さく傾いだ。

――これまで一緒にやってきたというのに、ずいぶんと簡単な別れの挨拶だな。

と思ったが、口にはせずに馬の手綱をしごいた。

そして七日後。鶴松は、家老の高川と畠山の屋敷へと赴いた。

二十万両は持たず、荷物といえば、高川が持つ小さな行李《こうり》である。その時の、鶴松の形《なり》は、猪鹿一家の貸元《かしもと》そのままである。千本縞《せんぼんじま》の小袖に、同色の羽織を纏う。黒足袋《くろたび》に、蛇皮の鼻緒の雪駄《せった》を履いた姿は、江戸でも指折りの大親分の貫禄がほとばしる。

客の間で、畠山との目通りとなった。しばらく待たせられると、足音が聞こえ、部屋に入ってきたのは二人であった。畠山と、淀川屋権左衛門である。

「伊丹の殿様……」

初めに声を出したのは、権左衛門であった。畠山と鶴松は、これが初対面である。

「本当に、伊丹備後守か？　わしが知ってる者とずいぶんと違うぞ。顔は似てるが……」

「そんなわけおまへんで。わてが知ってる伊丹の殿様は、やくざ上がりでっからな」

「やはり、二人いおったか」

図星だったと畠山が言ったところで、脇に控える高川が口にする。

「よろしければ、別間をお貸し願えませんか？」

「何をする？」

「若年寄様の、誤解を解いてまいります」

高川の脇に、荷行李が置いてある。鶴松と高川は、それを持って別間へと移った。

四半刻して戻ると、鶴松の姿は別物となっている。頬は削《そ》げ、三太郎と見た目は変わらない。着物も変わり、熨斗目の小袖に上下同色の裃を纏う。肩衣半袴《かたぎぬはんばかま》の、五節句で登城するときの正装である。だが、頭の形は大名風には調えられない。多少は曲がりを直した町人髷《まげ》である。

「おお、伊丹殿だ……」

問題は、声の質である。

「ご無沙汰を……」

少し声高に、鶴松は返した。なるべく短めと、そこだけに注意を払う。この七日の間、三太郎に成りきるために、猛特訓をした。

お亮に手伝ってもらい、顔の輪郭《りんかく》が狭《せば》まるような化粧を施す。

「――これを塗ると、顔の輪郭が狭まって見える。あまり、濃く塗っては駄目よ。ほんのりと、影を作るの」

いくつか顔の部分に手を入れれば、まったく同人物となる。

「昨日、急いで出羽から戻って参りました」

長い台詞《せりふ》は、高川である。

「出羽から昨日……ずっと江戸にいたのではないのか？」

「いや……」

ほぼ一言は、鶴松。

「若年寄様。伊丹家の主は二人ではなく、一人が二人を演じていたのであります」

「何故にそのように手の込んだことを……？」

「伊丹家財政の逼迫を、打開するためであります。成り代わりませんと、儲け仕事が出来ないもので……」

「もう、よい。苦しい言い訳など、することはない」

高川の言葉を、畠山が制した。

「はっ？」

鶴松と高川の、眉根が同時に寄った。

「もう、着替えたり薄化粧をすることも無いぞ。みんな、分かっておるからの」

怒り口調ではない、穏やかなもの言いである。

「それにしても伊丹殿は、良い家臣をお持ちだ。そこにいるご家老は、いく度成り代わりだと申しても、顔色一つ変えんかったからの。ああ、とっくの昔に露見しておったわ。だが、安心いたせ。これはまだ、わしのところに止め置いている」

「…………」

何も言い返すことができず、鶴松と高川は無言である。このあと、畠山からどんな言葉が出るか、その方に気が向いている。

「何故に露見してたかと思っているだろう。ならば、教えてつかわそう。その方に、弥助という男がいるだろう。あれは、わしの配下の者だ」

「なんですって？」

高川の、驚く顔が畠山に向いた。

「驚くのは、無理からぬことだ。信頼していた者が、こちらの配下だったとはな。弥助から、逐一報告が来ておる」

「やはり、そうでしたか」

鶴松が、顔色一つ変えずに応じる。

「知っておったのか？」

「いや、今初めて知りやした。ですが、どこかおかしいとは思ってやしたが」

殿様の姿で、町人言葉を発する。

「以前、淀川屋から荷車の図面を見せてもらった時から、調べさせてもらっていた」

畠山から命《めい》を受けた弥助は、宇都宮の宿で鶴松の戻りを待ち伏せていたのである。荷車に乗ってくるのを、想定してのことだ。そして先回りし、適当な場所で轢かれた振りをする。

「古河の先で弥助と出会いやしたが、どうも芝居臭えと思ってやした。ですが、まさか若年寄様の手の者とまでは……それで、如何に手前どもを処分するおつもりで？」

「処分などせん。二日ほど前、弥助が来て言っておった。伊丹家を潰してはならないとな。それよりも力添えをして、伊丹家を活かした方が、どれほど世の中の役に立つか。その辺の、大名より遥かに力になりますぞってな」

「弥助さんが……？」

「ああ、そうだ。なので、わしも弥助の意見を取り入れることにした。むろん、あれも気にすることは無い」

脇にいる権左衛門の手前、二十万両の件を遠まわしに言った。

「それと、弥助が言ってた。伊丹長宗様は、とんでもなく素晴らしいお方だと。殿が……殿ってのはわしのことだが、伊丹殿の味方に付いてやれば、鬼に金棒を与えたものだと、べた褒めであったぞ。もちろん、今後も藩主が二人いて結構。ただし、幕閣で知っておるのは、わしだけということにしておく」

幕閣若年寄の畠山が、伊丹家の後ろ盾になってくれると言う。それも、私利私欲でなく、世のため人のためになる役立つものとして。

「淀川屋も、あまり儲けばかり見てはならんぞ」

「分かっておますがな」

畠山の心根を聞いて、鶴松と高川は屋敷をあとにした。

帰りは殿様の形で、乗り物に乗る。乗り物は、二台ある。同じ大きさだが、古い方に高川が乗った。


財が一気に二十三万両となり、伊丹家は一躍富豪大名となった。

「これも、領民が作った酒米が大いに役に立ったたな」

酒米は酒にならず、陸奥の国で分配された。一揆が勃発したところもあったが、米のお陰で炎上せずに済んでいると、国元から報せが届いた。

「米がもたらしてくれた財だ、大事に使おうぞ」

高川が、重鎮である片岡と山田に向けて言った。その中に、功労者である源内が加わるが、弥助はいない。

「大事に使うことはねえぜ、ご家老。そんなもんで満足してちゃ駄目だ。もっと儲けて、世の中に金をばら撒《ま》き、みんなの腹を一杯にさせるんだ。そのために、これからもいろんな事を考えるぜ。源内は、俺の頭となってくれ」

「かしこまりました」

源内を江戸に住まわせ、鶴松の右腕となった。

そして、年が明け天保八年の正月を迎える。皆が一律に一つ齢を取り、幸を願った。その中で、一人だけ絶頂の幸福感を抱いている者がいた。

「ようやく、鶴松さんと所帯がもてるのね」

町人の、長屋住まいを思わせる言葉だが、れっきとした一万石大名の御正室である。『於亮《おりょう》の方《かた》』として、その勤めを果たさなくてはならない。その第一の任務は、立派な世継ぎを産むことである。

男児の第一子は、伊丹家の嗣子。第二子は、猪鹿一家の跡取り。三子、四子は自由にさせると決めている。

松が明けた一月八日より三日の間、婚礼の宴が執り行われた。伊丹家と猪鹿一家が入り乱れての、大宴会であった。

「さあ、今夜から頑張るわよ」

とお亮が発破をかけても、鶴松は酔いに沈んでいる。

「まったく、だらしないんだから」

「何か、言ったか?」

呂律が回らぬ口である。

「まったくしょうがないいんだから」

捨て台詞を吐いて、お亮が去っていく。今夜は、寂しく独り寝となった。


今、大淀号は江戸の町でよく見かけるようになった。

幕府が、人と荷車の通行を、時限や場所ごとで制限を設けたからだ。例えば、この道は明六ツから四ツまで人が通り、四ツから夕七ツまでは荷車の通りとする。大通りは、人が歩く同じ速さにする。違反したものは、一両の罰金を処すと触れを出した。

町中の、いたるところに標識が立つ。正月に入り、江戸の流通形態が明らかに違いをみせていた。

大淀号の生産も、順調な推移を辿《たど》っている。むしろ、想像していた以上に生産台数は、鰻《うなぎ》上りで上がっていた。

　祝言が済んで二日ほど経った頃、鶴松は源内を御用部屋に呼んだ。

「源内に、一つだけ訊きたいことがあった」

「なんでございましょう？」

「荷車のことなんだが、源内は何故にああ簡単に手放す気になった。今、凄い勢いで造られているぞ」

「はい、それは存じてます」

「残念に、思わないのか？」

「はい、まったく。むしろ、それだからこそ、手放した方が良かったかと」

「意味が、分からねえな」

「今は分からなくて結構。それは、もう少し先になって分かります」

「どういうことだ、一体？　俺にだけ、教えちゃくれねえか」

「身共には、どうしても作れない物がありました」

「それは、何だ？」

「油です」

「油……？　俺の実家は油屋だぜ」

余計なことを言ったと思ったが、源内に気づいた様子はうかがえない。

「てんぷらを揚げたり、火を点《とも》す油ではありません。今、身共には作れないと言いましたが、買うことは出来ると思います。ですが、それは遠く西洋から仕入れなくてはなりません。『グリース』と呼ばれ、深い地の底から取れる油で作られ、大変希少で高価なものであります」

「それがねえと、いったいどうなるんで？」

「鐵は錆《さ》びます。錆びると歯車は回らなくなり、スプリングが利かなくなります。そうなると、車は動かなくなります」

「だったら、西洋から持ってくればいいじゃねえか」

「一缶こんなもんで……」

言って源内は、両手で差し渡し五寸ほどの円を作った。

「百両はしますでしょ。大淀号一台の値段の半分ほどです」

「ずいぶんと、高《たけ》えな」

「それも、一缶くらいじゃ、あっという間に使い切る」

「ならば、そいつを教えてあげねえと」

「今さら教えたら、かえって大騒ぎになります。それこそ、淀川屋はあっと言う間に潰れます」

「だったら、どうしたらいいんだ？」

「このまま、黙っているのが一番です。誰のせいでもなく、自然の現象ということにすれば、文句の矛先も変わってきます。ただ、淀川屋には生産を止めるよう、それだけは言ってありますが、言うことを聞かずどんどん造っているようです」

源内の予想は、一年とかからず現実となった。


それから半年後――。

源内が予想したとおり、江戸の町から徐々に大淀号の姿が消えていく。

車が動かなくなったとの苦情が、淀川屋に入り始めたのは四月の半ば頃からであった。特に、江戸湾からの潮風が当たる、芝《しば》の浜に近い商家からの苦情が多く寄せられた。そして、五月には生産も頭打ちとなり、六月になると、ようやく淀川屋も荷車の生産を打ち切った。

動かなくなった荷車は解体され、木材の部分は風呂屋の焚《た》きつけにされ、鐵の部分は回収されて再利用される。荷車の持ち主は、その鐵の部分を二束三文で引き取ってもらう以外になかった。

やがて、八百八町の辻に立っていた標識は無くなり、以前と同じ町の様相を取り戻していた。

淀川屋はどうなったかというと、売り上げから全てを差っ引き、それでも千両という利益があった。

「くたびれ儲けでんな」

客からの苦情があったが、一台につき三十両の返金ということで折り合いがついた。それでも儲けを出すのだから、浪速の商人はしたたかである。

こいつは見習わなくてはと、鶴松は思った。

幕府は五十万両入り、そのまましたり顔である。

荷車を造る職人たちの手当として一万両があてがわれ分配された。源内の提言に、鶴松が気前よく応じたのである。一人頭均《なら》して五十両を超える破格の金額に、むしろ職人たちは大喜びとなった。

それから更に半年が過ぎ、天保八年の暮れには、町で大淀号を見かけることはなくなった。

この作品は徳間文庫のために書下されました。

徳間文庫

博徒大名伊丹一家㈢

激熱商売《げきねつしょうばい》

2023年11月15日 初刷

著者 沖《おき》田《だ》正《しょう》午《ご》

発行者 小宮英行

発行所 株式会社徳間書店

東京都品川区上大崎三-一-一 〒141-8202
目黒セントラルスクエア

電話 編集〇三(五四〇三)四三四九
販売〇四九(二九三)五五二一

振替 〇〇一四〇-〇-四四三九二

印刷 大日本印刷株式会社
製本

ISBN978-4-19-894900-6 (乱丁、落丁本はお取りかえいたします)

徳間書店の電子書籍

沖田正午

姫様お忍び事件帖

もってのほかじゃ

書下し

三人の藩主が国の威信を賭《か》けて囲碁《いご》大会を開催。もし負ければ、槻山《つきやま》藩が取り潰しにもなりかねない大切な行事であった——。やくざから教わり、賭け事にのめり込んでしまった鶴姫《つるひめ》は、囲碁大会に興味津々《しんしん》。そして「見てみたいのう」とか言って、城の中をうろつきだした。護衛の亀治郎《かめじろう》はあとを尾《つ》けたが、遅かった。藩主らが勝負中の碁盤《ごばん》を、鶴姫がひっくり返しやがった！　なんでこうなるの。